작가가 내게 말을 걸 때

소설, 여행이 되다

작가가 내게 말을 걸 때

소설, 여행이 되다

초판 1쇄 발행 2017년 5월 22일

지 은 이   이시목 박성우 박한나 배성심 여미현
          유영미 이정교 이재훈 이지선 정영선
펴 낸 이   최종숙
펴 낸 곳   글누림출판사

책임편집 고나희   **주 소**   서울시 서초구 동광로 46길 6-6
표지/내지 디자인 최기윤   (반포4동 577-25) 문창빌딩 2층
편 집   이태곤 권분옥 홍혜정 박윤정   (06589)
디 자 인   안혜진 홍성권   **전 화**   02-3409-2055
마 케 팅   박태훈 안현진   **팩 스**   02-3409-2059
기 획   고나희 이승혜   **전자메일** nurim3888@hanmail.net
                                  홈페이지 www.geulnurim.co.kr
                                  등록번호 제303-2005-000038호.(2005. 10. 5)

정가는 뒤표지에 있습니다.

ISBN   978-89-6327-424-9 04810
        978-89-6327-422-5(전2권)

• 이 도서의 국립중앙도서관 출판예정도서목록(CIP)은
  서지정보유통지원시스템 홈페이지(http://seoji.nl.go.
  kr)와 국가자료공동목록시스템(http://www.nl.go.
  kr/kolisnet)에서 이용하실 수 있습니다.
  (CIP제어번호: CIP2017011239)

소설, 여행이 되다

- 작가가 내게 말을 걸 때 -

글·사진 이시목 외 9인

여행 속에 머무는 소설의 재발견
가장 특별하고 지적인 문학여행

Prologue

해가 들어서는 아침. 쉼을 가진 이에겐 새로운 하루의 첫 시간
이겠지만, 누군가에게는 끝나지 않는 일상의 시작일 뿐이다. 쉼 없
는 누군가는 그저 터벅터벅 걸어 다시 하루의 출발점으로 향한다.
필요한 건 여유. 계절과 계절 사이에 있는 간절기처럼 시간과 시간
사이에도 틈이 있다.

시간 사이의 틈, 즉 간극을 찾는 가장 좋은 방법이 여행이다. 낯
선 곳에서의 한걸음은 일상에서의 걸음과 차이가 있다. 사람들에
게 뒤처지지 않게 빠르게만 내디뎠던 걸음이 여행지에서는 멈출
수도, 뒷걸음질을 칠 수도 있으니 말이다.

여행이 틈을 가져다준다면 문학은 그 틈의 간극을 무한대로 넓힌다. 시나 소설에 나오는 한 문장만으로도 희로애락의 감정을 느낄 수 있다. 그런 까닭에 많은 여행자의 배낭엔 책이 함께한다.

이 책은 문학과 함께 시간의 틈을 찾아 나선 여행을 담고 있다. 문학과 여행의 교집합을 찾아 떠난 여정을 기록하고 나누었다. 문학과 여행을 함께 찾는 독자에게 하나의 좌표가 될 것이다.

소설에 등장하는 장소와 작가를 잉태하게 한 공간을 써내려갔다. 따라서 책의 목차를 구성하며 공간과의 밀접도를 먼저 떠올렸다. 작가의 문학적 유산이 남아 있는 곳과 작품 속에 드러난 공간을 작품의 시선으로 말하고 싶었다. 그 때문에 눈으로 볼 수 있는 흔적이 많은 곳, 작가와 작품에 영향을 많이 준 장소와 공간을 위주로 목차를 선별하고 구성하기 위해 노력했다.

작가와 작품을 나눠 구성한 건, 작가의 생애나 문학적 가치관에 영향을 미친 공간과 작품에 주요 소재로 등장해 스토리가 풍성해진 공간이 달라서다. 작가 파트에선 작가의 삶과 작품이 공간과 맺은 관계를 들여다보는 데 주안점을 두었고, 작품 파트에서는 작가와는 별개로 작품 속에 드러난 공간 자체나 공간에 배인 작품을 이야기하는 데 초점을 맞췄다.

독자들에게 들려주고 싶은 정보는 따로 다뤘다. 문학기행을 떠나는 데 필요한 공간 정보는 '문학을 거닐다'란 팁으로 정리했다. 같은 장소에서 나고 자란 작가나, 같은 곳을 말하고 있는 작품에 대한 정보는 문학의 시선으로 공간을 이해하는 데 도움이 되도록 '다른 작가를 엿보다', '다른 작품을 엿보다'란 팁으로 구성했다.

문학이 스며든 여행지에서 사진을 찍고 정보를 기록하는 중에도 한 시간 정도는 빈 의자에 앉곤 했다. 초침이 60번의 원을 만드는 동안 달이 노랗게 비추는 성북동을 만났으며, 원주에선 저 세상에 계신 외할머니를 떠올렸다. 일상에서는 아무리 시간이 많아도 쉽게 할 수 없는 일이었다. 어찌 보면 이 책은 그 한 시간 한 시간이 모인 이야기이기도 하다.

첫 원고를 쓰던 날, 노트북 옆에는 아이스라떼가 있었다. 다음 원고 때는 따뜻한 아메리카노가 함께했다. 지금은 이 글을 쓰며 다시 사각사각 얼음 소리가 들리는 커피를 마신다. 계절이 돌고 도는 짧지 않은 기간 동안 애써주신 글누림 출판사 관계자들께 감사드린다.

공저자 9인을 대신해 박성우 씀

Contents

인왕산 골짜기 아래

말뚝으로 남은 그대

|

#박완서 #서울특별시 #서대문구 #현저동(무악동)

박완서는 1931년 경기도 개풍에서 태어나, 2011년 81세에 담낭암으로 별세했다. 그녀는 '글을 쓰는 데 있어서 가장 큰 밑천은 습작한 노트가 아니라 어떻게 인생을 살았느냐'라고 생각한다며 체험을 중시했다. 사람살이에 대한 뛰어난 통찰력을 바탕으로 소시민의 위선과 여성에 대한 억압, 전쟁과 분단으로 인한 문제 등을 예리하게 그려냈다. 특히 '6·25전쟁을 겪지 않았다면 소설가가 되지 않았을 것'이라고 말했을 정도로 전쟁이 남긴 상처를 담아낸 작품이 많다.

작품소개

1970년 《여성동아》 여류장편소설 공모에 《나목》이 당선돼 등단했다. 이후 40여 년 동안 쉼 없이 글을 썼다. 장편소설인 《그 남자네 집》을 비롯해 소설집 《부끄러움을 가르칩니다》, 산문집 《호미》, 동화집 《자전거 도둑》 등 100여 편이 넘는 작품을 남겼다. 자전적 소설인 《그 많던 싱아는 누가 다 먹었을까?》, 〈엄마의 말뚝〉, 《그 산이 정말 거기 있었을까?》 등에 유년시절과 6·25전쟁 때 피난지로서의 현저동 생활이 생생하게 담겨 있다.

인왕산 골짜기 아래

말뚝으로 남은 그대

싱그러운 햇살이 나뭇잎에 부딪혀 물비늘처럼 빛났다. 말랑말랑한 스무 살의 꽃봉오리가 막 피어나려던 참이었다. 6월 하늘엔 대학 신입생이 꿀 수 있는 온갖 꿈이 뭉게뭉게 피어올랐다. 그녀는 자유에의 예감으로 온몸을 떨었다. 하필이면 그때, 1950년에…….

도무지 희망이라곤 없었다. 찬란한 젊음이 속절없이 스러져 갔고, 감미로웠던 청춘의 유혹도 막을 내렸다. 서울 와서 처음으로 말뚝을 박았던 현저동 산비탈 마을에서 오빠까지 억울하게 죽었다. 그날 인왕산에서 꺼져버린 박완서의 태양은 다시는 같은 모양으로 떠오르지 않았다.

삶이란 늘 생각만큼 자유롭지 않다. 스스로 박은 말뚝에 묶여 허우적거리기도 하고, 타인이 혹은 시대가 박은 말뚝에 상처 입기도 한다. 박완서의 가슴엔 박힌 말뚝이 유난히 많았다. 쉬이 빠지지 않던 그 응어리들이 그녀를 작가로 키웠고, 그 응어리를 털어내느라 40년간 끊임없이 글을 썼다. 급기야는 죽어서까지 말뚝(묘비)과 함께 한 애달픈 삶이다. 현저동은 박완서가 유년시절 7년을 살았던 동네다. 애증이 교차하는 곳이며, 봉합되지 않은 그녀의 상처들이 아직도 신음하고 있는 곳이다.

아직도 현저동 옛 모습을 간직하고 있는 집

문 밖 그 여자네 집

'전차가 닿지 않는 서울도 서울인가?' 막 서울역에 도착한 여덟 살짜리 꼬맹이는 입을 삐죽거렸다. 서울에 가면 이마에 더듬이를 단 전차를 타보리라 얼마나 고대했던가. 그런데 그녀가 살 현저동엔 전차가 다니지 않는다고 했다. 당시 전차는 사대문 안으로만 다니던 서울의 주요 교통수단이었다. 그만큼 사대문 안과 밖의 차이는 극명했다. 누구라도 사대문 안에 살기 위해 애를 썼을 게 당연했다.

박완서의 어머니도 마찬가지였다. 온 마음을 다해 사대문 안을 열망했다. 하지만 개풍에서 막 상경한 과부에게 사대문 안은 언감생심 꿈도 못 꿀 곳이었다. 돈에 맞춰 겨우겨우 마련한 게 사대문 밖, 현저동의 산꼭대기 집이었다. 그래도 "기어코 서울에도 말뚝을 박았구나. 비록 문 밖이긴 하지만."이라며 감격에 겨워했다. 땅이 좁아 마당마저 삼각형인 그 집을 '우리 괴불 마당집'이란 애칭으로 부르며 매일 소중히 쓸고 닦은 이가 〈엄마의 말뚝〉이 그려낸 어머니였다.

그이에게 '서울살이'가 이토록 간절했던 이유는 무엇이었을까. 서울에서 아들이 성공하기를, 딸이 신여성으로 성장하길 바라는 마음 하나였다. '사는 건 문 밖에 살아도 학교는 문 안에 있는 좋은 학교에 가야 한다.'며 딸을 굳이 문 안의 학교에 입학시킨 것에도 이런 간절함이 닿아 있다. 그래서 박완서는 6년 내내 인왕산의 허물어진 성터를 넘어 매동초등학교로 통학해야 했다. 《그 많던 싱아는 누가 다 먹었을까?》에 원치 않은 통학 길에 올랐던 작가의 심정이 잘 드러나 있다. 「나는 숨넘어가는 늙은이처럼 헐벗고 정기 없는 산을 혼자서 매일 넘는 메마른 고독을 위로하기 위해 추억을 만들고, 서울 아이들을 경멸할 구실을 찾았다.」고 술회했다. 책가방을 메고 풀썩거리며 달려가는 조그만 여자아이의 모습이 그려져 마음이 애잔해진다.

허물어졌던 인왕산 성곽은 1980년대야 복원됐다. 박완서가 자신이 살던 현저동과 인왕산 성곽을 다시 찾은 것도 그즈음이었다. 그녀 나이 50여 살 무렵이었다. 하지만 '어머니의 괴불마당 집' 자리엔 연립주택이 병풍처럼 들어서 있었다. 그토록 기뻐하며 박았던 '엄마의 말뚝'은 허망하게 뽑혀 사라졌다. 그녀는 그때 가슴에 소슬바람이 부는 것 같은 감상에 젖어 그 근처를 하염없이 돌고 돌았다고 고백했다.

언젠가 복원된 성곽길을 다시 걸으며 성벽에 암문이 나 있는 것을 보고 그녀는 허탈해 했다. 어머니는 실재하지도 않던 문에 그토록 연연했던 거다. 요즘도 수많은 사람이 암문을 통해 문 밖과 문 안 동네를 드나든다. 이제는 누구도 문 안 동네로 들어가 살려고 애쓰지 않는다. 작가의 사연이야 어찌 되었든, 밤마다 인왕산 성벽엔 아름다운 불이 켜진다. 보는 이들은 그 황홀한 풍경에 넋을 잃을 뿐이다.

불이 켜진 인왕산 성벽

독립문초교 주변 기와집 골목

가슴에 박힌 말뚝

6·25전쟁은 박완서의 인생을 송두리째 헝클어 버렸다. 〈엄마의 말뚝〉과 《그 산이 정말 거기 있었을까?》에 전쟁 중에 겪은 오빠와 숙부 내외의 억울한 죽음이 고스란히 드러난다. 그녀의 가족은 오빠가 공산주의 사상에 잠깐 발을 담갔단 이유로 한강을 건널 수 있는 시민증을 받지 못했다. 피난 가지 못하고 옴짝달싹 못 하는 막다른 곤경에 처했을 때, 그녀의 어머니가 떠올린 건 현저동이었다. 그러나 믿고 찾아든 현저동에서 오빠가 죽고 말았다. 인민군의 총에 맞은 후유증으로 산송장 같은 목숨을 겨우 부지하고 있던 오빠였다. 숙부 내외마저 반동으로 몰려 처형당했다. 집안은 풍비박산 났고, 아들을 보란 듯 성공시키겠다던 어머니의 꿈도 부서져 내렸다. 이때 하늘에 맺힌 원한으로 박완서 모녀의 가슴엔 평생 빠지지 않을 대못이 말뚝처럼 박혔다. 노년의 박완서는 '그때의 고통이 되살아나 지금도 자다가 일어나 울 적이 있다.'고 괴로운 심정을 밝힌 바 있다. 「'우리가 그렇게 살았다우.'」(《그 산이 정말 거기 있었을까?》 서문 중에서)라는 그녀의 증언은 그래서 '제발 잊지 말아 달라.'는 세상을 향한 간곡한 당부처럼 들린다.

박완서의 소설이 오래도록 전쟁의 아픔에만 집착한 건 아니었다. 〈지렁이 울음소리〉, 《휘청거리는 오후》등의 작품에서는 일상 생활에서 벌어지는 욕망과 위선의 이중성을 날카롭게 후벼 팠다. 《그대 아직도 꿈꾸고 있는가?》, 《서 있는 여자》등에서는 가부장제 사회에서 불평등한 남녀관계에 억눌려 있던 여성들이 당당하게 이

혼을 선언하고 인간 본연의 자존감을 되찾아가는 과정을 그리고 있다. 사람다움을 짓밟는 힘에 글로 맞서며 신산한 삶을 살아낸 작가 박완서, 그녀의 이름도 하나의 말뚝(묘비)이 되어 경기도 용인시 천주교 공원묘지에 박혀 있다.

서대문형무소 역사관

숨쉬기와 같던 '씀'

　박완서는 타고난 이야기꾼이었다. 세상의 모든 것이 쓸 거리였고, 기록할 이유가 충분한 것이었다. 심지어는 노년기에 당한 남편과 아들의 죽음까지도 글로 쓰며 고통을 이겨 냈다. 그녀에게 글쓰기는 숨쉬기와도 같았고, 글을 읽는 것은 밥을 먹는 것과도 같았다. 호흡과도 같던 글쓰기가 그녀의 운명과 고통을 이겨내게 했다. 평소 그녀는 "쓰면서 내가 재미있지 않으면 못 쓴다."는 말을 자주 했다고 한다. 그만큼 이야기의 재미를 중요하게 생각했고, 결국 이

햇살 좋던 어느 날 사직동 풍경

야기로 한 생을 살았다. 덕분인지 그녀의 소설은 되짚어볼 필요 없이 단숨에 읽힌다. 재미있다 해서 무게가 가볍진 않았다. 무엇보다도 일상생활에서의 체험을 중요하게 여겼던 거짓 없는 삶이 담겨 있는 진실한 이야기들이기에, 독자는 글 속에 빠져 함께 울고 웃는다. 책장을 덮고 나서도 쉽게 빠져나오지 못하고, 글이 주는 여운에 잔잔히 젖어 들게 된다.

> 칠십 년의 세월은 끔찍하게 긴 세월이다. (중략) 눈물이 날 것 같은 허망감을 시냇물 소리가 다독거려 준다. 그 물소리는 마치 '모든 건 다 지나간다. 모든 건 다 지나가게 돼 있다.' 라고 속삭이는 것처럼 들린다.
>
> 산문집《호미》중에서

1 매동초교 앞 인도 찻집
2 사직동 풍경

　　노년의 그녀가 보여주는 담담함이 어떤 종교의 경전보다 깊
은 위안과 평화를 주는 건, 그녀가 지나온 이토록 지난한 삶 때문
이리라.

　　살면서 함정에 빠진 것 같을 때, 삶이 무시무시하게 느껴질 때,
그녀가 눈 똑바로 뜨고 고통에 맞짱 떴던 현저동으로 가보자. 흔들
리는 바람결에 '모든 건 다 지나간다.'고 위로해주는 작가의 목소
리가 들릴지 모른다. 거창한 이유가 없더라도 좋다. 그저 성곽에 켜
지는 황홀한 불빛을 보러 어스름에 인왕산에 올라 보자. 달빛 어린
성곽길이 그 자체로 그림이다.

현저동은 '인왕산과 안산(무악)이 이어지는 무악현 아래에 자리한 동네'라는 뜻이다. 박완서의 집터가 있던 46번지에는 무악동 현대아파트가 들어섰고, 법정동도 무악동으로 바뀌었다. 좁은 골목과 비탈길은 여전하며 현재 서대문형무소 역사관 맞은편에 있는 옥바라지 골목이 헐리고 재개발될 상황이다. 일제강점기 때 애국지사들의 옥바라지를 위해 가족들이 머물던 여관이 밀집돼 있던 골목이다. 또 하나의 역사의 현장이 무너져 내리려 한다. 박완서가 통학하느라 매일 넘어다녔던 인왕산의 무너진 성터 길은 화려하게 복원되었다. 3호선 독립문역에서 내려 현저동을 더듬어 오르면 인왕산으로 이어진다. 경복궁역에서 내려 매동초등학교와 사직공원을 거쳐 인왕산을 오른 다음 현저동으로 내려가는 방법도 있다. 쌓인 돌 마디마디 묻힌 사람들 사연을 쓰다듬으며 성곽 꼭대기에 오르면 남산이 바라다보이고 경복궁이 훤히 내려다보인다. 시원한 바람에 맺힌 땀을 쓱 훔쳐내고 세상 걱정 날려 보내기에 '딱'이다.

옥바라지 골목에 붙어있던 포스터

다른 작가를 엿보다

소설가 김용성도 현저동에서 6·25전쟁을 겪었다. 그 경험을 바탕으로 엇갈려 버린 삼 형제의 운명을 그린 소설《도둑 일기》를 썼다. 전쟁 중에 부모를 잃은 큰형은 동생들을 돌보기 위해 도둑질도 서슴지 않는다. 형은 공부 잘하는 동생에게 자신이 도둑질하다 잡혀 들어가면 '빽'이 돼줄 수 있는 법관이 되라고 부탁한다. 동생은 거절한다. 「"나는 나에 대한 모든 굴욕을 한 편의 소설에 담을 수 있는 소설가가 되겠어. 나는 내 울분을 세상에 털어놓겠다고. 법관이 되리라고는 기대하지 마, 형"」(《도둑 일기》중에서) 인왕산 성벽 돌 틈 사이엔 한때는 푸르렀을 청춘의 꿈들이 조각난 채 걸려 있다.

여행을 맛보다

매동초등학교 앞길을 따라 내려가면 건너편 '세종마을 음식문화 거리'로 자연스레 이어진다. 이 골목 안에 수십 곳의 음식점이 자리 잡고 있어 취향대로 골라 먹는 재미가 쏠쏠하다. 함흥냉면전문인 이가면옥(02-3210-3337)에서 쫀쫀한 냉면에 왕만두를 곁들여 먹거나, 토속촌 삼계탕집(02-737-7444)에서 진하고 고소한 국물에 담긴 부드러운 고기 맛에 빠져 보는 것도 좋다. 체부동의 빠네파스타(02-777-6556)에선 맛있는 파스타를 먹으며 짬짬이 눈을 돌려 예쁜 실내 장식을 구경하는 즐거움이 있다.

기억을 지탱하던 그 골목

아득하게 머물 별똥별 되어

|

#김소진 #서울특별시 #강북구 #미아리(미아동)

작가소개

김소진은 1963년 강원도 철원에서 태어나 1997년 33살의 나이에 위암으로 세상을 떠났다. 대학 시절에는 사회 현실에 관심을 두고 집회와 시위에 참여했고, 대학 졸업 후 1990년 《한겨레》 신문사에 취직해 기자 생활을 시작했다. 습작 시절에는 황석영, 이문구, 박완서 등의 작품을 탐독했고, 본인만의 우리말 사전 노트를 만들어 간결하고 아름다운 문장을 작품 안에 녹여내기 위해 노력했다. 결핍 많았던 어린 시절의 기억은 미아리를 배경으로 한 소설에 자양분이 되었다.

작품소개

1991년 《경향신문》 신춘문예에 단편소설 〈쥐잡기〉가 당선된 후 소설집 《열린 사회와 그 적들》, 《눈사람 속의 검은 항아리》, 《고아떤 뺑덕어멈》, 《자전거 도둑》, 장편소설 《장석조네 사람들》, 《양파》 등을 펴냈다. 1980년대의 무겁고 어두운 현실을 가족과 주변 이웃들과의 소소한 얘기로 풀어내, 그만의 따뜻함과 부드러움을 잘 표현했다는 평을 받는다. 〈쥐잡기〉, 〈쐬주〉, 《장석조네 사람들》 등이 대표작이다.

기억을 지탱하던 그 골목

아득하게 머물 별똥별 되어

이쯤이었을까. 하지만 보이지 않는다. 김소진의 〈쥐잡기〉에 등
장했던 쥐도, 아버지의 영정 사진이 걸려있던 셋집도, 한 지붕 아래
아홉 가구가 모여 있어 '기찻집'으로 불렸던 《장석조네 사람들》에
나온 집들도 더는 찾을 수 없다. 이곳이 내가 나고 자란 곳이라고
손으로 가리켜 줄 한 사람, 김소진 역시 없다. 그러나 골목 어딘가
에는 작가가 중풍으로 쓰러진 아버지를 모시고 간 의원이, 연탄집
게를 들고 쫓아온 그를 비웃듯 쥐가 도망친 좁은 계단이 있었을 것
이다. 간결한 문장만큼이나 짧은 생을 살다간 김소진, 그를 기억하
기 위해 미아리를 찾았다.

김소진은 근면한 작가였다. 사회 모습과 현실을 작품 속에 충실히 반영한 작가이니 말이다. 그의 소설 속에 등장한 미아리는 가난한 동네였고, 하루하루 살아가는 노동자들의 마지막 안식처였다. 재개발의 광풍을 견디지 못한 투기의 장소이기도 했다. 작가가 이곳으로 왔을 때, 그의 집안 형편은 미아리 풍경만큼이나 암담했다. 직업 없이 생활했던 나약한 아버지와 생계를 책임졌던 악착같은 어머니, 한 잔 술에 고단한 몸을 의지했던 이웃 사람들까지. 그는 미아리 산동네에서 보낸 시절을 어떻게 기억하고 있을까. 작가는 마지막 소설 《눈사람 속의 검은 항아리》에서 미아리 산동네는 "여태껏 나를 지탱해왔던 기억, 그 기억을 지탱해 온 육체"라고 고백했다. 김소진이 미아리였고, 미아리는 '떼려고 해도 뗄 수 없는' 그, 자신이었던 셈이다.

바람에 쓸려

1960~70년대 쥐잡기가 한창일 때 동네 벽면은 쥐잡기 포스터로 몸살을 앓았다. 집집이 쥐덫이나 쥐약을 놓고 쥐를 잡는 것이 일상이던 그때, 그의 집에서도 쥐잡기가 한창이었다.

> 아버지는 쥐를 그냥 죽이지 않았고, 달군 연탄집게로 지지면서 서서히 죽였다. 아버지는 돌아가시고 이제 쥐잡기는 민홍의 몫인데, 민홍은 쥐가 도망친 골목의 어둠을 바라보며 망부석처럼 서서 아버지를 떠올리고 왠지 모를 느꺼운 감정을 느낀다.
>
> 〈쥐잡기〉 중에서

민홍이 잡고 싶었던 쥐들은 어디로 사라졌을까. 민홍이 손에 꼭 잡았던 연탄집게는 그의 손을 떠나 박물관에서나 볼 수 있을 법하고, 빵이나 과자에 뿌렸던 쥐약은 휘발되어 날아갔다. 쥐꼬리를 잡고 흔들어대던 아이들도 훌쩍 커서 그 골목을 떠났다. 민홍으로부터 3만 원을 받아 보일러를 고치고 겨울을 지낸 셋집 사람도, 재개발이 임박하면서 미아리를 떠났다. 《장석조네 사람들》 속 아홉 가구 세입자들도 생활공간이 철거되는 난리통을 견디지 못하고 미아리를 떠나고 말았다. 김소진이 중·고교 시절을 보냈던 옛집 역시 사라진 지 오래다. 그 모든 것이 떠나고 사라진 자리엔 무엇이 남았을까.

로봇 다리처럼 생긴 고층 아파트가 성가시다. 손으로 휘이휘이 저어본다. 사라진 것들은 늘 아쉽고 그립다. 사라지는 것이 유형이 아닌 무형일 때 가슴은 더 아리고 시린 법이다.

은근한 온돌처럼 따뜻한 일상의 울림

김소진은 미아리를 배경으로 쓴 소설을 소설이라고 생각하지 않았다. "아버지가 살아온 삶의 한 단면, 그 맞은편에 있는 어머니 삶의 한 단면, 그 둘이 부딪히면서 나오는 소리나 울림 같은 것을 붙잡아두고 싶은 마음, 어떤 형식이건 간에, 그런 마음"이 커서 소설을 쓴다고 했다. 김소진의 소설은 작가 자신의 이야기였다.

두꺼운 대학노트에 국어대사전 속 단어를 빼곡하게 적어가며 작품을 쓸 정도로, 작가는 일상의 울림을 사실적으로 담기 위해 정성을 쏟았다. 덕분에 그가 작품 속에 풀어낸 미아리는 은근한 온돌처럼 따뜻했다. 그런 따뜻함에도 소설 속 아버지 모습에 때때로 서글픔을 넘어 나약하고 구차한 면이 깃들었고, 그 모습은 작가가 닮고 싶어 하지 않았던 것이었다.

가도 가도 끝이 없는 이 생활에 그만 지쳐 가는 모양입
니다. 정말이지 저도 누군가를 절실하게 닮고 싶습니다.
무능했던 우리 아버지는 빼고요.

〈혁명기념일〉 중에서

　〈두 장의 사진으로 남은 아버지〉에서는 주위의 비웃음과 사퇴
종용에도 끝까지 물러나지 않는 긍정적인 형상의 아버지를 그렸
다. 가족 간에 어찌 서운한 감정만 남을까. 그는 끝까지 아버지를
부정하지 못했고, 아버지와 어머니 삶에 대한 공감과 연민은《장
석조네 사람들》을 통해 이웃의 삶에 대한 관심으로까지 확장됐다.
그러나 안타깝게도, 작가가 미아리에서의 기억과 결핍을 오롯이
소설 속에 토해냈는지는 알 수 없다. 생의 마지막 작품이었던《눈
사람 속의 검은 항아리》속에서도 그가 그려내고 있던 것은 여전히
미아리였으니.

소진되어 버린 그의 장소

"별은 똥이다." 내는 항상 똥만 쳐다보고 사니껜. 그게
내 일이니깐. 그걸 퍼주는 대가로 돈을 받아 쌀도 팔아
묵고 술도 사묵지. 그리고 남들처럼 똥을 눠버려. "별똥
이닷!"

〈별을 세는 남자들〉 중에서

누구나 마음 한켠에 자리한 소중한 별 하나쯤 품고 살 것이다. 매일 똥을 푸는 게 일상인 〈별을 세는 남자들〉에겐 똥이 별이었고, 《눈사람 속의 검은 항아리》에서 똥을 싼 민홍에겐 미아리에 대한 기억이 별이었다. 김소진에게 별은 어쩌면 미아리 자체였을까. 울고 웃던 가족과 이웃들의 흔적, 작품의 바탕을 이룬 미아리 골목에 새겨진 기억, 마지막 순간까지 놓지 못했던 그곳의 그 무엇까지 말이다.

김소진은 미아리라는 별을 남겨두고 우리 곁을 일찍 떠났다. 평범한 사람들이 살 마주 대고 살았던 그 골목이 점점 사라지는 것처럼 누구보다 그곳을 아꼈던 김소진의 이야기도 스러져갈까 봐 마음이 쓰인다. 별똥별이 화려한 불빛을 남긴 채 기다란 꼬리를 그리며 사라지듯이, 작가의 이야기가 머문 그 골목이 밝고 긴 곡선을 그리며 우리 곁에 길게 머물길 바란다.

서울시 강북구 미아동의 옛 이름 미아리. 언덕에서 쉬어가는 마을이라는 뜻을 가진 이곳에 김소진이 가족과 옮겨온 게 그의 나이 다섯 살, 그는 이 산동네에서 대학교 2학년 때까지 살았다. 그의 가족은 이곳에서만 두 번 이사했는데, 마지막에 살았던 주소는 '1269-222번지'로, 현재 대림아파트 4단지 쪽으로 가늠된다. 작가가 살던 집을 찾아가기 위해서는 《눈사람 속의 검은 항아리》를 따라가면 되고, 좀 더 높은 곳에서 미아동을 살펴보고 싶다면 북악산길(북악스카이웨이)을 따라가면 된다. 북악산길은 북악산 능선을 따라 미아리 고개를 넘어 정릉으로 가는 드라이브코스다. 사라진 추억은 아쉬움을 남긴다. 고층 아파트촌으로 바뀐 미아동을 바라보는 마음이 못내 쓸쓸한 건 깊은 아쉬움을 지닌 추억 때문이다.

다른 작가를 엿보다

신경림은 1970년대까지 미아리 산동네와 길음동에서 살았다. 자주 들렀던 식당 딸이 결혼하게 됐는데, 사랑하는 남자는 노동운동을 하던 수배자였다. 시인은 이들을 안타까워하며 〈가난한 사랑 노래〉를 지어 청춘남녀의 사랑을 축복했다. 30년 넘게 미아리 좁은 골목을 걸어 다닌 어머니를 그리며 〈정릉동 동방주택에서 길음시장까지〉라는 시를 짓기도 했다. 신경림을 오래 지켜본 이문구는 《이문구의 문인기행》에서 미아리에서의 시인의 모습을 단상으로 남겼다. 「미아리 너머 길음시장의 기름집 아줌마는 젊은 아저씨라고 불렀지만 국어책에서 '가난한 사랑 노래'에 감동한 소녀들은 늙은 오빠 정도로 짐작할는지도 모른다.」(《이문구의 문인기행》 중에서). 그러기에 미아리에 남은 신경림의 노래는 슬픈 사랑이고, 늙은 어머니에 대한 아득한 그리움이다.

여행을 맛보다

미아리 주변에 고층 아파트촌을 따라 자리한 유명 음식점도 많지만, 이왕이면 김소진의 작품 속 풍경과 닮아 있는 크고 작은 전통시장으로 발걸음을 옮겨보자. 출출할 때는 숭인시장에 있는 제일분식(02-985-7333)이 제격이다. 유명한 이집 옛날 떡볶이와 김밥 등은 한 끼 식사로 손색이 없다. 뜨끈한 국물이 생각날 때는 길음시장의 '길음순대마을'을 찾아가도 좋겠다. 문을 열고 들어가면 여러 국밥집이 옹기종기 모여있다. 뜨끈한 국물을 후루룩 마시면 김소진의 〈쐬주〉가 생각날 지도 모른다.

고독한 모더니스트의 일상

미드데이 인 서울
Midday in Seoul

#박태원 #서울특별시 #중구

작가소개

박태원은 1909년 경성부 다옥정 7번지(다동)에서 태어난 서울토박이다. 1926년 《조선문단》에 시 〈누님〉이 당선되면서 문단에 데뷔, 일본 유학을 갔으나 중간에 그만두고 귀국했다. 1933년 순수예술을 지향하는 '구인회(九人會)'에서 이상, 이태준, 김기림, 정지용과 함께 모더니즘 문학을 꾸려나갔다. 일제강점기 이상과 더불어 모던보이로 이름을 날리다 6·25전쟁 중 이태준을 만나러 북한에 갔다 남게 된 후 돌아오지 못했다. 북한에서도 꾸준히 작품 활동을 하다 1986년 사망했는데, 실명과 병마에 시달리면서도 글쓰기를 멈추지 않았다. 영화감독 봉준호의 외할아버지이기도 하다.

작품소개

"누구든 한 개의 소설가이기 전에 한 개의 문장가여야 한다." 고 스스로 말한 박태원은 '조선 최고의 스타일리스트'였다. 1934년 《조선중앙일보》에 연재한 대표작 〈소설가 구보씨의 일일〉은 근대 식민지 도시 경성의 풍경과 지식인의 내면 풍경을 스케치하듯 묘사했다. 1936년 잡지 《조광》에 연재한 장편소설 《천변풍경》도 청계천변에서 살아가는 서민들의 현실을 생생하게 그렸는데, 모두 이전에는 없던 새로운 소설 기법이었다. 월북 후에는 역사소설 《계명산 천은 밝았느냐》와 북한문학 최고의 작품 중 하나로 평가받는 《갑오농민전쟁》을 발표했다. 1988년 해금되어 현재 다양하게 연구되고 있다.

고독한 모더니스트의 일상

미드데이 인 서울
Midday in Seoul

서울이 싫었다. 사람 많고 복잡하고 개성 없어 보이는 서울이
싫었다. 서울에서 태어났지만, 지방의 소도시에서 한가하고 차분
하게 살고 싶었다. 막상 서울을 떠나 원하던 대로 살았더니 현실은
달랐다. 생각과 달리 몸은 서울을 기억하고, 자석처럼 서울에 달라
붙으려 했다. 살던 곳으로서의 서울이 아닌 여행자로서 서울을 낯
설게 바라보니 다르게 보였다. 서울에 포함되어 있을 땐 보이지 않
던 것들이 테두리 밖에서 관찰하니 새로운 것들로 보이기 시작했
다. 한 세기 전 서울을 관찰했던 구보는 소설가 박태원이 탄생시킨
소설가였다. 구보는 어떤 사람이었을까? 어떤 소설가였을까? 그가
본 서울은 어땠을까? 그가 궁금했다. 그의 서울이 알고 싶어졌다.

서울의 분위기

1930년대 경성에는 서양문물이 유입되었고, 또 소비되었으며 근대도시로의 모습을 갖추고 있었다. 현대의 서울도 그러하듯이 근대의 경성도 역동적이었다. 다만 식민지라는 특수성 덕분에 무기력한 상태. 일제는 민족말살정책을 펼쳤고, 이에 끊임없이 저항했지만, 모두가 독립운동을 할 수는 없었다. 나약한 식민지 지식인은 우울했다. 이러지도 저러지도 못하고 방황하거나 방관했다. 모든 상황이 고독하게 만들었다.

> 다방의 오후 두시, 일을 가지지 못한 사람들이 그곳 등의자에 앉아, 차를 마시고, 담배를 태우고, 이야기를 하고, 또 레코드를 들었다. 그들은 거의 다 젊은이들이었고, 그리고 그 젊은이들은 그 젊음에도 불구하고, 이미 자기네들은 인생에 피로한 것같이 느꼈다. 그들의 눈은 그 광선이 부족하고 또 불균등한 속에서 쉴 새 없이 제각각의 우울과 고달픔을 하소연한다.
>
> 〈소설가 구보씨의 일일〉 중에서

억압과 민족말살의 식민지도시에도 일상은 흘렀다. 역사가 흐르듯 일상도 흐른다. 세상을 읽을 수 없을 때 지식인으로 할 수 있는 건 거리를 관찰하는 것. 감정을 과잉표출하지 않고 객관적으로 말이다. 식민지 지식인 박태원은 〈소설가 구보씨의 일일〉에 자화

1930년대 그때나 지금이나 다르지 않은 오후 2시 다방의 모습

상을 세워 이 도시의 우울을 말하려 했고, 일상을 보여줬다. 신경쇠약에 걸린 룸펜, 소심한 지식인 박태원은 뭘 할 수 없던 시대, 경성의 주변인으로서 그 공간을 이야기했고, 쓸쓸한 일상을 고백했다. 역동에 동반하지 못했지만, 구보는 그 당시 경성이나 한 세기가 지난 현재 서울의 분위기에도 잘 어울린다. 지금 서울에 데려다 놔도 전혀 어색하지 않은 고독한 지식인. 그는 낡지 않은 진정한 모더니스트다.

구보의 서울 여행법

> 그는 종로 네거리를 바라보고 걷는다. 구보는 종로 네거리에 아무런 사무도 갖지 않는다. 처음에 그가 아무렇게나 내어놓았던 바른발이 공교롭게도 왼편으로 쏠렸기 때문에 지나지 않는다.
>
> 〈소설가 구보씨의 일일〉 중에서

처음부터 목적지가 없었다. 그냥 오른발이 왼쪽으로 옮겨져서 시작되었을 뿐이다. 집 근처를 지나가기도 하고, 같은 찻집을 두 번이나 가고, 갈 곳 모르는 사람처럼 우물쭈물하기도 한다. 그의 산책은 경제적이지 않다.

동선은 그리 중요하지 않다. 소문과 소통을 나누던 청계천의 빨

구보의 산책코스였던 조선은행, 지금은 한국은행 화폐금융박물관이 되었다

래터는 무수한 변화를 거쳐 이제는 서울 도심의 쉼터 겸 관광명소
가 되었다. 구보가 걸었던 광화문, 을지로, 명동도 마찬가지다. 어
느 곳이든 서울사람 아니 한국사람 뿐 아니라 해외 관광객 천지다.
그때보다 볼거리도 사람도 더 많고, 하루가 다르게 바뀌기도 한다.
어제의 그곳과 오늘의 그곳이 같다면 같은 데로, 다르면 다른 데로
스쳐보거나 진지하게 보는 거다.

　지팡이와 대학노트 대신 스마트 폰과 선글라스만 있어도 충분
하다. 무표정한 사람들, 웃는 사람들을 슬쩍 관찰해 보는 거다. 그
들이 그 표정을 짓는 이유를 상상해보고, 또 나라면 어떤 상황에서
그런 표정을 지을지 생각해보자. 그리고 군중 속에 철저하게 숨어
고독해지자. 슬그머니 구보가 곁에 나타날지도 모른다.

당신의 안부를 묻다

앞머리를 일직선으로 자른 오갑빠, 동그란 대모테 안경, 지팡이를 짚고 경성을 활보하던 박태원은 멋쟁이였다. 당시 모던보이의 본보기였다. 하지만, 작가의 장남 일영 씨의 회상에 의하면 '보기와는 달리 튀는 걸 싫어하는 내성적인 성격'이었다고 한다. 소설 속 구보와 다를 바 없었다. 신여성 김정애와 결혼했는데, 벗이었던 이상은 자신을 만나주지 않을 것을 염려했다. 그만큼 가족에 대한 사랑도 남달랐던 박태원은 6·25전쟁과 분단이라는 소용돌이에 휘말려 가족과 생이별을 겪고, 많은 것을 잃었다.

스스로 팔보라 부르며 아버지를 회고,《소설가 구보씨의 일생》을 쓴 장남 일영 씨는 "아버지의 인생은 행복하셨다."고 말한다. 북한에서도 몇 개월의 집필 금지기간을 제외하곤 제재 없이 창작활동을 할 수 있었기 때문이다. 실명과 병마와의 싸움에도 굴하지 않고 책을 읽고 글을 쓰는 걸 멈추지 않았다. 출판평론가 장은수의 표현처럼 박태원은 '문학 속에서 살아가고 마침내 문학 속으로 사라짐으로써 문학자체로 변했다.'

시대를 앞선 생각, 위트와 유머 있는 구보 박태원 씨, 하늘 저편에서도 여전히 문학하신지…….

평일 한낮에도 사람들로 가득한 명동 거리

'그러나 오히려 고독은 그 곳에 있었다.'
구보는 빽빽한 군중 속에서도 고독을 느꼈다.

구보 박태원이 태어난 경성부 다옥정 7번지는 현재 다동 한국관광공사빌딩과 대우조선해양빌딩 근처이다. 광교 즈음이고 청계천이 가까이에 있다. 나고 자란 곳을 작품 속에 고스란히 드러냈다. 〈소설가 구보씨의 일일〉에 나오는 구보의 산책 코스는 꽤 유명하다. 그 코스를 살펴보면 광교, 종로2가 종로타워, 동대문, 한국은행 화폐금융박물관, 소공동, 서울시청, 광화문, 신세계백화점 본점, 남대문, 서울역까지 이어져 있는데, 변한 듯 변하지 않은 서울 도심을 온전하게 만끽할 수 있다. 구보가 전차를 탄 구간을 1호선 전철로 이동해도 좋지만 청계천변을 따라 걸어도 좋다. 구보의 발자취대로 따라 걸어도 좋고 나름대로 발길 닿는 대로 걸어도 좋을 듯. 구보의 산책코스는 여러 차례 다양한 방법으로 알려지고 있으며 서울 중구청은 〈소설가 구보씨 중구를 거닐다〉 라는 관광 스토리텔링북을 만들어 걷기에 이야기도 입혀 놨다. 박태원의 장남 일영 씨는 다옥정 7번지, 그러니까 생가가 있던 다동에 '구보 생가'라고 적힌 동판이 세워졌으면 하는 바람이 있다고 한다. 이 바람이 꼭 이루어졌으면 한다.

세월에 많은 이야기를 담고 유유히 흐르는 청계천

다른 작가를 엿보다

구보 박태원은 죽었지만, 그가 만든 소설 속 구보는 종종 불려나와 여전히 함께하고 있다. 여러 작가의 오마주로 또는 패러디 되었는데 젊은 작가 윤고은은 소설집 《늙은 차와 히치하이커》에 수록된 단편 〈다옥정 7번지〉에서 경성에 살던 구보를 21세기로 소환했다.

2010년 서울에 나타난 진짜 박태원이 가짜 박태원이 되어 소설 속 배경인 서울을 안내한다는 줄거리다. 자신의 문장과 박태원의 문장을 교묘하게 뒤섞어 특유의 상상력으로 현대에서도 전혀 낯설지 않은 구보를 보여준다.

여행을 맛보다

1930년대 경성에서 다방은 모던 보이, 모던 걸의 사교장소이면서 예술인들의 사랑방이었다. 그 시대 다방을 그대로 옮겨놓은 듯한 '커피 한약방'은 을지로 빌딩숲 전혀 예상치 못한 후미진 골목에 있다. 빈티지 소품으로 둘러싸인 공간에 앉아있으니 맞은편에 구보가 앉아서 노트에 뭔가를 끼적이고 있을 것만 같다. 구보 박태원이 참새방앗간처럼 하루에도 두 번 들렀을 공간이다. 사람 손으로 정성껏 내린 필터커피가 대표 메뉴. (070-4148-4242)

마음에 어둠이 자박하게 내리면

절름발이의 밀실

|

#이상 #서울특별시 #종로구 #통인동

이상은 1920년 종로에서 태어나 세 살부터 성인이 될 때까지 통인동 큰아버지의 집에서 살았다. 궁내부 관리직으로 일하던 큰아버지 댁에서의 성장은 그가 건축을 전공하는 데 영향을 주어, 그는 총독부 건축과에서 4년간 일하게 된다. 사직 후 요양을 위해 들른 배천 온천에서 그의 작품 세계에 큰 영향을 준 기생 금홍을 만난다. 그녀와 동거하며 종로에 다방 '제비'를 개업했으나 경영난으로 폐업하고, 금홍과도 이별했다. 27세에 사상 불온혐의로 일본 경찰에 유치돼 고초를 겪다가 건강 악화로 출감됐으나, 약 한 달 후인 1937년 4월 17일 도쿄의 병원에서 죽음을 맞았다.

장편소설 《12월 12일》을 연재하며 소설가로 등단 후 〈날개〉, 〈봉별기〉, 〈공포의 기록〉, 〈종생기〉 등 자신의 내면을 녹여 낸 독창적인 작품 세계를 선보였다. 그는 〈건축무한육면각체〉, 〈꽃나무〉, 〈이런 시〉, 〈거울〉, 〈오감도〉 등을 발표하며 시문학계에도 독보적 영역을 구축했는데, 그중 신문에 연재되었던 〈오감도〉는 구독자의 극심한 항의와 반발로 계획했던 30편 중 절반밖에 발표하지 못했을 만큼 난해한 개성을 지니고 있다. 교과서에서 단골로 다루어지는 〈날개〉에서는 다소 파괴적이기까지 한 금홍과의 사랑을 엿볼 수 있다.

마음에 어둠이 자박하게 내리면

절름발이의 밀실

하얀 얼굴에 텁수룩한 수염, 헝클어진 머리카락, 보헤미안 넥타이에 겨울에도 흰 구두를 신던 사내. 천재로 낙인찍힌 작가 '이상'에 대한 기록이다. 청춘과 추억이 함께 하는 서울의 한 골목에서 그의 집을 찾았다. '비밀이 없다는 것은 재산이 없는 것처럼 가난할 뿐만 아니라 더 불쌍하다.'고 여기던 그의 집은 비밀스럽다. 그 때문에 '이상의 집'에 들어서는 이에게는 내밀한 어둠을 견뎌낼 각오가 필요하다. 그 집이 흥성거리는 서촌의 한가운데 있더라도 말이다.

그는 자리에 앉으면 제 손으로 부러 머리를 헝클어댔다. 딴엔 멋 좀 내고 싶던 어린 청년의 손버릇이었을까. 늘 머리에 손을 대곤 했다. 흠이라면, 그 모습이 다른 사람들 눈에는 엉켜버린 수세미처럼 보였다는 것. 그러나 타인의 시선쯤 상관하지 않던 사람이었다.

오빠만큼 몸단장에 무관심한 사람도 좀 드물 것입니다.
겨울에 흰 구두를 신고 멋으로 생각할 사람은 없습니다.
그저 있는 대로 여름에 한 켤레 신었던 흰 구두를 겨울
에, 다시 여름에 그렇게 신었을 것입니다.

김옥희, 〈오빠 이상〉 중에서

통인동 154번지에 있는 '이상의 집'은 그런 그를 닮았다. 그저 그런 세상사에 허덕이는, 어쩌면 우리와 꼭 같은…….

1 이상의 집 전경
2 엽서
3 책 읽는 여자

박제가 되어버린 절름발이를 아시오

애써 꾸미고 가꾼 것은 아니나 말쑥한 얼굴이었다. 당당한 풍채는 아니었으나 매력적인 사람이었다. 그러나 그는 스스로 '절름발이'로 묘사하곤 했다. 이상의 눈에는 자신은 물론 부모도, 연인도 어쩔 수 없는 절름발이요 얼금뱅이였다.

> 우리 부부는 숙명적으로 발이 맞지 않는 절름발이인 것
> 이다. 사실은 사실대로 오해는 오해대로 그저 끝없이 발
> 을 절뚝거리면서 세상을 걸어 나가면 되는 것이다.
>
> 〈날개〉 중에서

유산을 받아 부유한 큰아버지의 집에서 양자 대우를 받으며 자란 이상은, 가난한 부모와는 아장아장하던 세 살부터 떨어져 외로운 유년을 견뎌야 했다. 이상에 대한 큰아버지의 애착과 기대는 큰어머니의 질시와 냉대를 불러왔다. 화가를 꿈꾸던 어린 날, 자꾸만 그림을 그려대던 그에게 상스러운 일이라며 매질을 할 만큼 큰어머니는 매서웠다. 달라도 너무 다른 두 명의 아버지, 두 명의 어머니 사이에서 억지로라도 균형을 잡자면 누구라도 절뚝거릴 수밖에 없는 노릇이다.

이상의 집 안에서 바라본 하늘

퍽 변했습디다. 그 전에 사생(寫生)하던 다리 아치가 모색(暮色) 속에 여전하고 시냇물도 그 밑을 조용히 흐르고 있었습니다. (중략) 게서 시냇물을 따라 좀 올라가면 졸업 기념으로 사진을 찍던 목교(木橋)가 있습니다. 그 시절 동무들은 다 뿔뿔이 헤어져서 지금은 안부조차 모릅니다.

수필 〈슬픈 이야기 : 어떤 두 주일 동안〉 중에서

지금의 통인동 골목에서 그의 어린 날을 되짚기는 쉽지 않다. 부수고 무너뜨리며 몸부림치듯 얼굴을 바꾼 그곳은 옛 모습을 몽땅 비워낸 듯 새롭다. 예부터 쓰이던 지명인 '통인동'보다 별칭인 '서촌'이 익숙한 그곳에서 유년의 그가 심장을 팔딱이며 뛰놀던 흔적은 찾을 수 없지만, 다행히 한 곳에서 그의 온기를 더듬어 볼 수 있다. '이상의 집'이다.

> 나는 내 좀 축축한 이불 속에서 참 여러 가지 발명도 하였고 논문도 많이 썼다. 시도 많이 지었다. 그러나 그것들은 내가 잠이 드는 것과 동시에 내 방에 담겨서 철철 넘치는 그 흐늑흐늑한 공기에다 비누처럼 풀어져서 온 데간데없고 (후략)
>
> 〈날개〉 중에서

여동생 '김옥희'는 '집에 오면 으레 이불을 둘러쓰고 엎드려서 무엇인가를 끄적거리기 일쑤'인 오빠로 그를 기억했다. 어느 쪽에도 온전히 속하지 못한 어린 날을 보내서인지, 그는 자신만의 컴컴한 방에 틀어박히는 것을 좋아했다. 거기서 만들어진 그의 문학이니, 쉽게 접근하기 어려운 그의 작품들은 그의 은밀한 숨구멍이었을 터. 마치 그의 문학 세계를 반영하듯이 '이상의 집' 안쪽 다락 같은 방은 좁고, 그득한 어둠에 먹먹하다.

그늘진 심정에 불을 질러라

　먹고 사는 일은 치사스럽도록 삶을 쥐고 흔들었다. 속내야 어떻든 이상은 일본인들과의 마찰을 견디며 19세 어린 나이부터 건축사 일을 해 집안의 장남 노릇을 해냈다. 하지만 가장 노릇이 오래 가진 않았다. 건강이 악화되던 23세에 결국 일을 그만두었다. 각혈할 정도로 병색이 짙어지자 온천으로 요양을 떠나기에 이르는 데, 그곳에서 만난 이가 '금홍'으로 잘 알려진 '연심'이다.

　　　　지어가지고 온 약은 집어치우고 나는 전혀 금홍이를 사
　　　　랑하는 데만 골몰했다. 못난 소린 듯하나 사랑의 힘으로
　　　　각혈이 다 멈췄으니까.

　　　　　　　　　　　　　　　　　　　　　　〈봉별기〉 중에서

　무려 집문서를 담보로 금홍과 다방을 차렸던 것은 그의 연정에 뿌리를 둔 행보로 짐작된다. 그렇다면 금홍의 매춘을 견뎠던 이유는 무엇인지. 〈날개〉에 그려진 이상은 아내의 매춘 행위에 불쾌감은커녕 관심조차 보이지 않아 읽는 이를 도덕적 혼란에 빠트린다. 아끼는 이의 모든 것을 감내해야만 모름지기 진정한 사랑이니라 하는 식의 괴팍한 신념이라도 가졌던 걸까.

　섣부른 망상을 지우고 나면, 그녀의 매춘을 견디며 그가 겪었을 신산한 번민이 그의 문학 곳곳에 가시처럼 박힌 것을 볼 수 있다. 「아내의 내객이 많은 날은 (중략) 의식적으로 우울하였다.」고 괴로

위하는가 하면, 「금홍이는 나를 내 나태한 생활에서 깨우치게 하기 위하여 우정 간음하였다.」며 자위하기도 한다. 「금홍의 사업에 편의를 돕기 위하여 내 방까지도 개방하여 주었다.」는 고백은 그런 스스로에 대한 조소가 아닐는지. 무력과 자학으로 점철된 〈날개〉의 나날, 그에게 어둠에 젖은 방은 갸륵한 휴식이었다.

> 방 안의 기온은 내 체온을 위하여 쾌적하였고, 방 안의 침침한 정도가 또한 내 안력眼力을 위하여 쾌적하였다. (중략) 나는 또 이런 방을 위하여 이 세상에 태어난 것만 같아서 즐거웠다.
>
> 〈날개〉 중에서

그는 말했다. '간음한 계집을 용서하지도 버리지도 않는' 것은 '잔인한 악덕'이라고. 자책과 번뇌의 길에서 절뚝대던 사랑은 영원한 안녕을 맞았다. 누구나의 사랑이 그러하듯 이별과 재회, 다시 이별을 거듭하며…….

> 밤은 이미 깊었고 우리 이야기는 이게 이 생에서의 영이별이라는 결론으로 밀려갔다. 금홍이는 은수저로 소반전을 딱딱 치면서 내가 한 번도 들은 일이 없는 구슬픈 창가를 한다. "속아도 꿈결 속여도 꿈결 굽이굽이 뜨내기 세상 그늘진 심정에 불을 질러 버려라."
>
> 〈봉별기〉 중에서

태양은 흔적을 남기고

이별은 사랑의 다른 이름이던가. 다가오는 죽음을 견디는 동안 써내려간 그의 작품에는 금홍의 흔적이 마구 번져 있다. 역사처럼 낡은 지붕 밑에서 한 가닥 어둠에 의지해 그는, 생을 관통하는 절망을 담아냈다.

> "내가 그다지 사랑하던 그대여, 내 한 평생에 차마 그대를 잊
> 을 수 없소이다. 내 차례에 못 올 사랑인 줄은 알면서도 나
> 혼자는 꾸준히 생각하리다. 자, 그러면 내내 어여쁘소서."
> 어떤 돌이 내 얼굴을 물끄러미 치어다보는 것만 같아서 이
> 런 시는 그만 찢어버리고 싶더라.
>
> 〈이런 시〉 중에서

원래는 150평이었다더라, 300평이었다더라, 대궐 같았다더라 하는 식의 말만 무성한 그의 집터는 이제 자그마한 흔적뿐이지만, 오늘도 '이상의 집'이라는 이름으로 모두를 맞는다.

그의 집에 들르는 날에는 먼저 햇살을 즐겨볼 일이다. 다방 '제비'가 그랬던 것처럼 한쪽 벽을 통유리로 장식한 자리에서 따스한 햇살을 맞으며 책 속에 빠져드는 건 왠지 낯설고 새롭다.

한 번쯤, 그를 닮은 방에서 혼자임을 즐겨보자. 묵직한 철문을 열고 들어가면 침침한 어둠이 일렁이는 '이상의 방'이 있다. 예전 그의 방이 지금 같은 모양새였을 리 없지만, 하늘로만 문을 낸 이상의 밀실에서 비상은, 꾸지 못할 꿈은 아니다.

'이상의 집'은 서울 통인동 154번지, 서촌의 한가운데에 자리 잡고 있다. 그 일대는 젊은이들이 즐겨 찾는 서울의 명소로, '이상의 집' 외의 곳에서 이상의 흔적을 찾기는 어렵지만 문화와 역사의 흔적이 넉넉한 골목길을 즐길 수 있다. 서울시에서는 서촌을 돌아볼 수 있도록 경복궁서측 걷기 지도를 제공하고 있다. 예술 산책길, 옛 추억길, 골목 여행길, 하늘 풍경길 총 네 개의 코스로 나누어 안내하고 있으니 마음이 끌리는 길을 선택하면 된다. TV에서 자주 보던 명소가 궁금하다면 대오서점을, 시민들의 서촌 사랑을 확인하고 싶다면 옥인오락실을 놓치지 말자. 훨씬 더 옛날의 서촌이 궁금한 이를 위해서는 종로구청과 연계하여 진행하는 세종마을 답사 프로그램이 준비돼 있다. 이상의 놀이터이던 서촌 골목을 자유롭게 누비는 동안 옛날과 오늘을 이어줄 연결고리를 발견할지 모른다.

'이상의 집'에서 조금만 걷다 보면 윤동주의 하숙집을 만날 수 있다. 놀라움과 반가움은 잠시, 일반인이 사는 집이라 안을 둘러볼 수 없음에 아쉬움이 밀려온다면, 조금만 더 걸음을 옮겨보자. 멀지 않은 부암동에 윤동주문학관이 있다. 종로문화재단에서 윤동주문학관을 더욱 의미 있게 경험할 수 있도록 문학 행사를 주최하고 있으니, 시기에 맞추어 방문하는 것도 좋겠다. 통의동 보안여관 또한 문학의 향기가 가득한 공간이다. 80년 이상 된 여관 건물인데 옛 모습을 그대로 간직한 채 현재는 갤러리로 운영 중이다. 서정주가 머물며 김동리, 김달진 등과 함께 문예지《시인부락》을 만들었던 곳이기도 하며, 특히 서정주와 김동리는 이 여관에 장기 투숙하며 다수의 작품을 작업했다고 한다.

서촌에서 시장 먹거리만큼은 놓치지 말고 즐겨보자. 서촌의 명물인 통인시장에서는 실제로 물건을 살 수 있는 엽전을 팔고 있다. 단돈 5천 원이면 10개짜리 엽전 한 꾸러미를 살 수 있는데, 그 정도면 유명한 기름떡볶이는 물론 맛깔 나는 반찬만 골라 담아 한 끼 도시락을 먹고도 식혜에 과일 디저트까지 맛볼 수 있다. 준수방 키친(02-725-0691)의 담백한 수제 두부 피자도 지나칠 수 없는 별미다. 고추로제 파스타는 깔끔한 면 요리를 좋아하는 사람에게 제격이다.

시린 안개 피는 가을에도

여전히 '봄'

|

#김유정 #강원도 #춘천시 #신동면 #실레마을

김유정
Gimyujeong | 金裕貞

강촌 남춘천
Gangchon | 江村   Namchuncheon | 南春川

◁━━━━━━━▷

작가소개

김유정은 1908년 춘천 실레마을에서 태어나, 1937년 3월 29일 29세의 나이에 요절했다. 천석꾼의 막내아들로 태어났지만 조실부모해, 아홉 살부터 이집 저 집을 떠돌며 살았다. 지독히 가난했던 데다 폐결핵과 결핵성 치루로 유품마저 불태워져, 세상엔 그의 유품 하나 남지 않았다. 김유정 문학의 축은 크게 두 가지로 나뉜다. '해학'과 '들병이'다. 그의 해학성은 토속적이고 질펀한 어휘로 더욱 도드라지고, 들병이는 '위태롭도록 불우했으나 악착스런 데가 있었던' 그의 생과 궤를 같이한다. 그는 사랑에도 열정적이었다. 명창 박녹주와 시인 박봉자를 비롯해, 젖먹이가 딸린 들병이에게까지 구애했다 실연당했다. 혹자는 그의 이토록 불우하고 고단한 생이 문학적 축복이었다 말하기도 한다.

작품소개

그의 문학적 이력은 비교적 짧다. 1933년에 발표한 단편소설 〈산골 나그네〉를 시작으로, 4년 남짓 동안 총 32편의 작품을 남겼다. 하지만 짙은 향토색과 탁월한 언어 감각으로 30년대 한국문학의 독특한 영역을 개척한 것으로 평가받고 있다. 〈동백꽃〉, 〈봄봄〉, 〈만무방〉 등 무려 12여 편에 달하는 작품이 고향 실레마을을 배경으로 하고 있다.

시린 안개 피는 가을에도

여전히 '봄'

뜻밖의 계절에 떠난 춘천행(行)이었다. 여행에 계절이 무슨 상관이랴 만은 춘천은 어쩐지, 봄이어야 했다. 관념 속에서도 춘천은 청춘이었기 때문이다. 문득, 시인 유안진이 지은 노랫말이 떠올랐다. '춘천은 가을도 봄이지.' 그랬다. 기차는 가을에도 우리의 봄 속을 유영했다. 단선 철로의 기억 위를 꿈틀거리며 안개 속의 가을을 철컥철컥 지났다. 생각해보니, 봄날의 안개는 김유정의 우울한 사랑을 닮았다. 홀로 끝 간 데 없이 깊어지기만 하는……. 춘천에서는 가을 안개도 봄날의 그것처럼 그렇게 깊었다.

안개 속을 유영하는 날은 괜스레 기분이 설렌다. 적당한 감춤과 드러냄이 감성을 묘하게 자극하는 탓이다. 그해 봄에도 그랬다. 폭설처럼 하얗게 밀려들던 안개로 춘천 가는 길은 때 아닌 계절을 지나는 듯했다. 봄과 겨울 사이 혹은 피안과 현세의 경계를 지나는 듯. 그래서일까, 간간이 덜컹거릴 뿐 기차는 좀처럼 속도를 내지 못했다. 아니, 안개 속에서 풍경은 그 어느 때보다 느리고 달콤하게 흘렀다. 느슨한 일상처럼 풍경이 게으르게 지나는 걸 바라보는 일은 그래서 좋았다. 때로 풍경은 그렇게 덜 드러나 더 설렌다. 덜 여물어 더 찬란한 청춘처럼 말이다. 이후, 춘천의 봄은 늘 풋내 나는 봄날의 푸른 안개를 타고 왔다. 감춰진 듯 드러나고, 뜨거운 듯 차가운 청춘의 한때처럼.

멈 멈
춤 춤

너무 멀리와버렸다

시린 안개 피는 춘천의 가을

그의 계절은 언제나 '봄'

　가을, 다시 춘천행 기차를 탔다. 뜬금없이 가을에. 다른 시공간에서도 춘천은 봄날의 아련한 풋내를 품었다. 그것이 청춘의 힘이고 짧지만 진한 봄의 여운이었다. 사실 춘천을 봄으로 기억하는 데는 소설가 김유정의 영향이 컸다. 그해 봄, 안개가 자욱했던 춘천에서는 생강나무가 노란 꽃을 틔웠었다. 안개가 바람을 탈 때마다 연하게 번지던 꽃-내. 그 꽃-내 속에선 애쓸 필요 없이, 소설〈동백꽃〉생각이 났다.

철길 끝에 남은 그리움

"닭 죽은 건 염려 마라. 내 안 이를 테니." 그리고 뭣에 떠다 밀렸는지 나의 어깨를 짚은 채 그대로 픽 쓰러진다. 그 바람에 나의 몸뚱이도 겹쳐서 쓰러지며 한창 피어 퍼드러진 노란 동백꽃 속으로 폭 파묻혀 버렸다. 알싸한 그리고 향긋한 그 내움새에 나는 땅이 꺼지듯이 왼정신이 고만 아찔하였다.

<동백꽃> 중에서

그때부터였다. 춘천은 긴 시간을 오롯이 봄이었다.

되짚어보면 스물아홉, 참 푸른 청춘이었다. 가난하고 병든 날을 문학으로 치유했던 천재 작가, 김유정. 그는 유난히 봄을 좋아했다고 한다. 그래서 <봄봄>, <봄과 따라지>, <동백꽃> 같은 봄을 소재로 한 작품을 많이 썼다. 언젠가는 '봄이 오면 소설가 이상처럼 일본에 건너가 소설을 쓰고 사랑하는 여인과 초가삼간에서 단 사흘만 살아보고 싶다.'고 했다고도 한다. 그것을 마지막 소망으로 3월 29일, 그는 폐결핵과 결핵성 치루로 세상과 이별했다. 그때도 생강나무 꽃은 노랗고 푸지게 폈을 테다. 좋아하는 봄이 오고서야 봄과 이별할 수 있었던 김유정. 이 가을, 그의 계절은 여전히 봄이다.

젊은 그의 사랑

안개 걷히고서야 비로소 푸른 가을 하늘이 드러났다. 풋내 나는 계절의 달콤함은 어디 가고, 그 자리엔 원숙함이 깃들었다. 그 봄, 노란 꽃을 무성하게 피웠던 생강나무도 어느새 노란 잎을 한껏 달았다. 안개가 감췄던 풍경 전체가 봄과 가을 사이를 순간 이동한 듯, 가을로 반짝거리는 풍경이라니. 역시 안개는 풍경을 가두고 여는 신통방통한 놈이다.

기차(경춘천 전철)는 김유정역에서 멈췄다. 봄의 기억이 끝난 것처럼, 청춘의 시간이 지난 것처럼. 하지만 지나간 시간에 응답이라도 하듯, 길은 자연스럽게 기억 속으로 이어졌다. 이름 그대로 소설가 김유정의 이름을 딴 국내 최초의 명사역인 '김유정역'은 그의 고향인 실레마을로 가는 입구다. 역 마당과 주변은 물론이고 역에서 문학촌으로 가는 길 곳곳이 생강나무(동백꽃) 단풍으로 노랗게 빛났고, 들판은 이미 초록색과 황금색 사이 어디쯤에서 빛나고 있었다.

노란 꽃이 무성하게 핀 생강나무

나의 고향은 저 강원도 산골이다. 춘천읍에서 한 20리가
량 산을 끼고 꼬불꼬불 돌아 들어가면 내닫는 조그마한
마을이다. 앞뒤 좌우에 굵찍굵찍한 산들이 빽 둘러섰고,
그 속에 묻힌 아득한 마을이다. 그 산에 묻힌 모양이 마
치 움푹한 떡시루 같다 하야 동명(洞名)을 실레라 부른
다. (중략) 산천의 풍경으로 따지면 하나 흠잡을 데 없는
귀여운 전원(田園)이다.

수필 〈오월의 산골짜기〉 중에서

소설 〈봄봄〉의 한 장면을 재현한 조형물

김유정의 표현대로 실레마을은 흠잡을 데 없는 귀여운 전원이
었다. 소박하게 펼쳐진 논밭이 그랬고, 마을을 병풍처럼 감싸 안은
금병산이 또 그랬다. 김유정의 생가부터 찾았다. 마을의 중심에서
벗어난 동쪽 언덕 아래에 있는 'ㅁ' 자형의 초가집이 그의 생가다.
'똬리집' 혹은 '뙈쇄집'이라고도 하는 이 집은 안마당이 좁아 집 한
가운데 하늘이 빠끔히 뚫려 보이는 형태. 펄펄 눈 내려 'ㅁ' 자로
하얗게 쌓이고, 타닥타닥 비 내려 또 'ㅁ' 자로 마당이 젖는 그런 집
이다.

그 집 볕이 잘 드는 마루 어디쯤에 앉았다. 문득, 부자로 태어났
으나 궁핍한 채로 죽은 그와, 열렬했으나 홀로 깊었던 그의 사랑이
떠올랐다. 아마도 이 마루 어디쯤 객처럼 걸터앉아 박록주를 떠올리
지는 않았을지. 기생이자 명창이었고, 다른 사람의 아내이기도 했던

홀로 사랑에 목말랐을 유정

박록주. 그녀에 대한 김유정의 열병 같은 짝사랑은 꽤나 유명했다.

어디 사람이 동이 낫다구 한번 흘낏 스쳐본 그나마 잘
낫으면 이어니와, 쭈그렁 밤송이 같은 기생에게 팔린 나
도 나렸다. 그것도 서로 눈이 맞아 달떳다면이야 누가
뭐래랴 마는 저쪽에선 나의 존재를 그리 대단히 녀겨주
지 않으려는데 나만 몸이 달아서 답장 못받는 엽서를 석
달동안이나 썼다.

〈두꺼비〉 중에서

이것이 젊은 김유정의 사랑법이었다. 봄 안개처럼 깊었으나 가
닿지 못한 열정. 그의 사랑은 그토록 우울했다.

'똬리집' 혹은 '뙈쇄집'이라고도 하는 집 안마당

봄 지나 가을, 슬픈 해학의 공간

하지만 그의 소설에서 만난 사랑은 현실과는 많이 달랐다. 기막히게 능청스러웠고, 그 표현법은 놀랍도록 해학적이었다. 〈봄봄〉의 점순이와 〈동백꽃〉의 점순이 그리고 소설 속 화자의 관계가 특히 그랬다. 현실 속 그녀와는 달리 나에게 지극히 능동적으로 다가왔던 점순이다. 그렇다고 내처 사랑 놀음에만 눈이 멀었다면, 오늘날의 김유정은 없었을 것이다. 그는 일제강점기 소작농의 현실 또한 외면하지 않았다. 〈만무방〉과 〈총각과 맹꽁이〉가 대표적이다. 당시 유정이 만난 고향 마을의 현실은 궁핍한 농촌 만무방(염치없이 막돼먹은 사람)들의 삶이었고, 들병이(술병을 들고 다니며 술과 몸을 파는 여인)들의 삶이었다. 아픈 몸으로 금병의숙을 세워 농촌계몽운동을 펼쳤으며, 만무방이나 들병이의 아릿한 삶을 소설에 적나라하게 드러냈다. 질펀한 욕 속에 녹아 있는 유정 소설의 해학은 그래서 웃고 난 뒤, 마지막에 코끝이 찡한 '슬픈 해학'이고 '아픈 해학'이다.

실레마을엔 그 '슬픈 해학'의 공간이 가득하다. 김유정의 소설 32편 중 12편이 실레마을을 담고 있으니, 마을 전체가 문학 속 무대이고 작품이라 할 만하다. 특히 〈봄봄〉의 실제 모델인 김봉필(장인)의 집과 〈동백꽃〉의 주무대인 금병산 기슭이 인상적이었다. 〈산골 나그네〉 속의 주막과 물레방아 터, 〈만무방〉의 노름 터 등도 눈에 띄긴 마찬가지. 걷다 보면 어디선가 〈동백꽃〉의 점순이가 입을 삐죽거리며 나타나 닭싸움을 시킬 것만 같고, 〈봄봄〉의 '나'가 장인

'봉필영감'에게 말대꾸를 하고 호되게 혼날 것만 같다. 현실과 소설 속을 바람처럼 넘나드는 '기분 좋은 혼동', 실레마을엔 그런 즐거움이 있었다. "김유정의 친필 원고와 유품이 전혀 없다는 건 큰 약점이에요, 하지만 그의 소설 무대가 고스란히 남아 있는 이 마을 자체가 매우 소중하죠. 금병산 김유정 등산로나 실레마을 이야기길에도 김유정의 작품 속 이야기가 가득합니다." 소설가 전상국 씨(김유정기념사업회 회장)의 말처럼, 실레마을엔 원래의 무대에서 파생된 이야깃거리도 많다. 그 옛날, 금병산에 흐드러졌을 노란 생강나무 꽃(동백꽃) 대신에 자리 잡은 실레마을의 차세대 보물들이다. 아니, 이듬해 봄이 오면 또다시 생강나무 꽃이 노랗게 필 테다. 안개 돋고 생강나무 꽃 피는 그때가 오면 다시 찾아볼 곳들이다. 그때는 '실레이야기길'을 따라 '점순이가 나를 꼬시던 동백숲길'이며 '장인 입에서 할아버지 소리 나오던 데릴사위길', '춘호 처가 맨발로 더덕 캐던 비탈길'과 '김유정이 코다리찌개 먹던 주막길'을, 너무 젊어 애틋한 스물아홉의 그와 함께 천천히 걸어볼 참이다. 〈봄봄〉의 점순이와 〈총각과 맹꽁이〉의 들병이를 만나려면, 지금 바로 '김유정역에 내려라.'

실레마을엔 김유정의 흔적을 마주할 수 있는 곳이 많다. 김유정의 생가가 복원돼 있고, 그 옆으로 전시관(033-261-4650, http://www.kimyoujeong.org, 매주 월요일 휴관, 관람료(생가+전시관+이야기집 통합 관람) 성인 2,000원)이 조성돼 있다. 최근엔 문학마을이 들어서, '김유정 이야기집(김유정 사료관)'을 비롯한 공연장과 한복체험방, 천연염색방, 도예공방 같은 체험공간도 마련됐다. 폐쇄됐던 옛 김유정역 일대를 공원으로 꾸며 개방한 것도 눈에 띄는 점이다. 북카페로 탈바꿈한 무궁화호 열차와 함께 아기자기한 테마공원, 야외결혼식장이 마련됐다.

실레마을을 아늑하게 둘러싸고 있는 금병산을 찾는 여행객도 꾸준하다. 김유정 소설의 무대답게 금병산 자락엔 '춘천 봄내길' 1코스인 '실레마을 이야기길'이 조성돼 있다. 실레마을 이야기길은 김유정의 소설 배경지를 따라 걷는 2시간 코스의 길이다. 총 5.2km 거리의 산책로로, 김유정문학촌~실레마을길(문학촌 윗마을)~산신각~저수지~금병의숙 터~마을안길~김유정문학촌 순으로 둘러보면 된다.

시간이 넉넉하다면 인근에 있는 북스테이션(Book Station)에도 들러볼 일이다. 강원도 출신 작가들의 책이 큰 모형으로 전시된 그곳에서 경강역으로 가는 레일바이크를 탈 수 있다.

다른 작가를 엿보다

소설가 전상국은 자칭 '김유정에 미친 사람'이다. 현재 김유정기념사업회 회장으로, 실레마을에 살며 작품 활동을 하고 있다. 등단작인 〈동행〉을 비롯한 〈아베의 가족〉과 〈길〉로 이어지는 분단을 소재로 한 작품들과 함께, 〈우상의 눈물〉과 같은 교육문제를 다룬 소설도 썼다. 하지만 그의 글 다수는 김유정에 관한 것. 그가 생각하는 김유정 문학의 핵심은 '빼어난 문장'과 '가난에 굴하지 않았던 작가정신'이다.

여행을 맛보다

춘천을 대표하는 먹거리는 단연 닭갈비. 실레마을에서도 마찬가지다. 철판닭갈비로는 '김유정 닭갈비집'(김유정역 인근, 033-264-2041)이, 숯불닭갈비로는 '한가족숯불닭갈비(김유정 생가 인근, 033-263-8300)'집이 인기다.

커피 두 스푼, 설탕 두 스푼, 프림 두 스푼의 마법

그리움을 오물거리는 감성변태

|

#이기호 #강원도 #원주시 #단구동

작가소개

이기호는 1972년 강원도 원주시 단구동에서 태어났다. 1970년대 이후 태어난 작가 중 유독 고향 이야기를 많이 쓰는 이유에 대해 "원주라면 자신 있어요. 누구보다도 원주에 대해서는 잘 쓸 자신이 있으니까 쓰는 거예요."라며 무심한 듯 말한다. 하지만 속내를 들여다보면 할머니에 대한 그리움이 있다. 어린 시절 원주에서 할머니의 입을 통해 세상을 내다본 기억이 그의 문학에 큰 자산으로 남았다. 그에게 할머니와 원주는 마르지 않는 창작의 샘물과 같다.

작품소개

1999년 《현대문학》 신인추천공모에 단편소설 〈버니〉가 당선돼 등단했다. 소설집 《김 박사는 누구인가?》, 《갈팡질팡하다가 내 이럴 줄 알았지》, 《최순덕 성령충만기》, 장편소설 《차남들의 세계사》 등을 발표했다. 다수의 작품에서 작가 특유의 엉뚱하고도 따듯한 세상을 바라보는 시각과 태도를 엿볼 수 있다. 평론가들은 그의 시선을 두고 가장 '개념 있는 유쾌함' 중의 하나라 평했다.

커피 두 스푼, 설탕 두 스푼, 프림 두 스푼의 마법

그리움을 오물거리는 감성변태

시간과 시간 사이엔 그녀의 손이 자리했다. 야위고 까칠한 모습으로. 손은 조금이라도 힘줘 잡으면 부러질 만큼 가늘었고, 땅에 떨어진 나뭇가지처럼 거칠었다. 그 손은 늘 그랬다. 그런데 약한 손이 유독 힘을 내는 순간이 있었다. 손주들의 배를 어루만질 때였다. 밤새 낑낑대는 아이가 편해질 때까지 쉬지 않고 움직였다. 할머니의 사랑을 그린 작가가 있다. "나는 책이 아닌 할머니에게서 처음 이야기를 배운 사람"이라고 말한 이기호. 그는 고향인 원주를 배경으로 할머니 이야기를 많이 했다. 할머니가 손으로 아픈 배를 만져주었듯, 이기호는 글로 세상을 따뜻하게 어른다.

　때론 입에서 나오는 말보다 하나의 행동이 기억에 남는다. 너무 힘든 날, 말없이 바라보던 친구의 몸짓이 그랬다. 친구의 손이 등을 두드려 줄 때 들렸던 '툭툭' 소리는 어떤 위로보다 큰 울림을 주었다. 할머니에게서도 그런 소리가 났다. 배를 만져 주시면 방금 말린 홑이불을 덮은 것 같은 안락함을 느꼈다. '사각사각' 하는 소리에 취해 아픈 것도 잊고 깊은 잠에 빠졌다. 원주는 그런 할머니가 생각나는 동네다. 이기호가 박경리에게 헌사한 소설 〈원주통신〉의 영향이기도 했지만, 단구동을 산책하는 내내 들렸던 낙엽의 바스락거림 때문이었다. 그 소리는 어릴 적 할머니의 따뜻했던 손처럼 '사각사각' 거리며 귓가에 내려앉았다. 단구동은 화려한 말보다 조용한 몸짓을 지닌 마을이다.

기억의 창고를 활짝 연 문지기

누구나 머릿속엔 지난날을 저장하는 창고가 있다. 그 안에서 추억을 꺼내 다친 마음을 달래기도 하고, 아쉬움이 남은 건 바람에 실어 보낸다. 그러나 꺼내지 못하는 기억도 있다. 슬픈 그리움이다. 머리가 아닌 가슴 깊은 곳에 숨어있어 빼낼 수 없다. 억지로 끄집어내면 상처가 생겨 아물지 않는다. 이기호의 소설은 감춰진 아픔에서 시작한다.

자전적 소설 〈할머니, 이젠 걱정 마세요〉가 대표적이다. 소설의 주인공, 그는 유년시절 할머니로부터 세상을 배웠다. 화로와 요강만 있던 작은 방에서 오직 할머니의 목소리만으로.

> 세월은 흘러흘러 할머니는 어느덧 여든을 훌쩍 넘겨버리셨다. 여든을 넘긴 할머니는, 이제 나에게 한 가지 이야기만 반복해서 들려준다. "아가, 할미가 육이오 동란 때 말이다……."
>
> 〈할머니, 이젠 걱정 마세요〉 중에서

치매로 더 이상 많은 이야기를 하지 못하는 할머니에게 이젠 손자가 세상을 들려준다. 자신의 기억창고에 차곡차곡 쌓아놨던 추억을 활짝 열었다. 예전 할머니처럼 손과 음성만으로.

〈할머니, 이젠 걱정 마세요〉는 아련한 이야기를 담고 있지만 슬픔이 덜하다. 오히려 유쾌함으로 마무리된다. 이것이 이기호 작품의 매력이다. 문학평론가 신수정이 "그는 입담의 작가, 신세대 건달의 대변자로 알려졌다. 보편적인 인간사의 잔잔한 세목들에 눈을 돌리며 삶의 증언자로 우뚝 서는 장면에 동참할 수 있어 뿌듯하다."고 말했듯이 순간순간 보이는 재치와 따뜻함이 작품의 큰 줄기를 이룬다. 소설이 흐릿한 기억으로 시작하지만, 잔잔한 웃음으로 마무리되는 이유이기도 하다.

〈원주통신〉은 작가의 또 다른 그리움인 고향을 그렸다. 택지개발로 변해가는 단구동에 박경리가 이사 와서 벌어지는 에피소드를 풀어나갔다. 단층집을 허문 자리엔 아파트가 올라가고, 박경리 집 옆에는 그녀의 작품명을 딴 '룸살롱 토지'가 생긴다. 주인공은 원주의 자랑이었던 박경리의 소설이 술집 간판으로 바뀌는 모습을 보며 진한 아이러니를 느낀다.

이기호는 박경리에게서 할머니의 모습을 떠올리며, 단구동은 추억이 담긴 공간이라고 이야기한다. 술집 '토지'가 거슬리는 건 그 동네와 어울리지 않아서이다.

〈원주통신〉에 정작 박경리와 관련한 이야기는 거의 없다. 그러면서도 그녀는 소설의 중심에 존재한다. 소설가 김원일은 "이기호는 이야기를 풀어나가는 재주가 대단하다. 탁월한 이야기꾼이다. 고급독자를 끌어들일 수 있는 역량 있는 작가다."라고 평가했다. 스토리를 만들어가는 재주가 그만큼 뛰어나다는 뜻이다. 또한, 사건과 사건, 인물과 인물이 치밀한 인과관계 안에서 만들어졌다는 이야기이기도 하다.

1   2   1 단구동에서 2 추억을 쓸어담다
3   4   3 가을 단구동 그리고 낙엽 4 민주화의 요람 원동성당

우연, 인과관계의 시작점

나는 그 논리가 버거워, 종종 우연으로 소설을 끝내버리
곤 했다. 며칠 밤을 지새우며 내적 필연성으로 주인공을
몰고 가기 위해 용을 쓰다가 그만, 제풀에 지쳐 에라이,
뿡! 이쯤에서 주인공 자살(혹은 즉사)! 뭐 이런 식이 되
었던 것이다.

《갈팡질팡하다가 내 이럴 줄 알았지》 중에서

할머니를 기다리는 고양이

이기호는 소설《갈팡질팡하다가 내 이럴 줄 알았지》에서 근대 소설은 너무 필연을 강조한다고 썼다. 세상엔 논리적으로 설명할 수 없는 일이 많은데 '꼭 그래야 한다'라는 어떤 강박관념에 갇혀 있다는 뜻이다. 한 인터뷰에서 "그 글은 일종의 엄살 같은 거예요. 근대소설의 법칙과 좀 다른 걸 하면 안 될까요? (중략) 인과관계에서 벗어나려는 소설들도 있는데 그런 소설은 잘 모르겠어요. 내가 하고 싶은 것은 인과관계 안에 있되, '다른 원인'과 '다른 결과'를 쓰고 싶어요."라고 말했다. 필연보다 문장과 문장 사이의 인과관계를 중요시하는 그의 의지가 보인다. '도착증자와 편집증자의 사랑'을 그린《최순덕 성령충만기》, 쓰리 도어 프라이드로 이야기를 시작하는〈밀수록 가까워지는〉등이 그렇다.

근대 소설의 형식을 탈피하려는 그에게 혹자는 '즐거운 변태'라는 별명을 지어줬다. 이기호는 소설〈나쁜 소설〉에 나오는 인물처럼 "와, 이 오빠 진짜 센 변태네."라는 말을 들을 자격이 충분하다.

그의 문장 위에는 무엇보다 세상을 바라보는 따듯한 시선이 담겼다. 할머니에게서 배웠던 사랑을 간직하고 있어서다. 글이 아닌 목소리와 손으로 배워서이기도 하다. 아메리카노보다 다방커피가 맛있다는 그는 지금도 어디에선가 커피 두 스푼, 설탕 두 스푼, 프림 두 스푼이 담긴 커피를 마시고 있을 것이다. 손으로 써 내려 갈 그리움을 오물거리며.

원주는 강원도 지방의 중심지다. 십여 년 전만 해도 지역 특성상 군사색이 강했지만, 미군철수 후 빛깔을 달리하고 있다. 특히 문학과 관광도시로 자리를 잡아가는 걸 박경리 생가를 둘러보면 알 수 있다. 택지 개발로 단구동은 아파트단지로 변했지만, 그곳은 예전 모습 그대로다. 옅은 베이지색 2층짜리 주택이 꽤나 멋스럽다. 창으로 비치는 작업실을 보노라면 그녀가 나타나 환히 웃어줄 것 같다. 의자에 앉아 할머니가 배를 만져주시던 시절로 타임머신을 타보자. 마침 그대의 손에 이기호의 책까지 있다면 금상첨화다. 환하게 웃고 계실 할머니께 〈할머니, 이젠 걱정 마세요〉의 한 구절을 읽어드리자. 생가 옆에 자리한 박경리문학공원도 같이 둘러보면 좋다. 《차남들의 세계사》의 배경 장소인 원동성당은 유신시절 민주화의 요람이었다.

박경리문학공원

이기호는 시인을 다른 종(種)이라 부른다. 소설가가 끙끙대고 벽돌처럼 한 장 한 장 이만큼 쌓아 놓으면, 시인은 말 한 방에 훅 무너뜨린다고 한다. 시인이 지닌 직관력을 이야기한 것이다. 원주에는 그가 말한 직설에 가까운 표현으로 글을 쓰던 작가가 있다. 시인 마종하다. 그는 〈안개의 개안〉이란 시에서 「적십자병원에서 개안 수술을 받았다. 눈에 늘 안개가 끼어 있는 백내장. (중략) 새로 피는 안개꽃은 안개가 아니라는 것과 안개 걷은 집, 안개 터는 나무, 그들로 인하여 나도 다시 보았다.」라고 비유했다. 시인 특유의 화법이 돋보이는 작품이다.

강원도 하면 생각나는 음식이 몇 가지 있다. 감자옹심이가 그중 하나다. 원주에서 옹심이 본연의 맛을 느끼고 싶다면 단구동에 있는 토지 옹심이(033-761-2392)를 추천한다. 감자의 담백함을 제대로 살렸다. 직접 뽑은 면으로 유명한 향교막국수(033-764-4982)는 메밀 특유의 거친 식감을 맛볼 수 있다. 박경리문학공원 옆에 자리한 커피밀(070-4262-4222)은 사랑방처럼 아늑해 잠시 잠깐 커피 한 잔의 여유를 즐길 수 있는 곳이다.

서정이 피어날 무렵

고향 달의 숨소리가 그리웠던 사내

|

#이효석 #강원도 #봉평(평창군)

이효석은 1907년 강원도 봉평(평창)에서 태어나 1942년 뇌막염으로 36세 젊은 나이에 생을 마감했다. 평창공립보통학교를 졸업할 때까지 유·소년기를 봉평에서 보냈는데, 이 시기의 기억이 그의 작품 활동에 많은 영향을 끼쳤다. 한 때 동반자 작가로 불리던 시절도 있었지만, 참여에서 순수로 돌아선 그는 서정적이고 심미적인 자신만의 문학세계를 구축해 나갔다. 휴양 차 갔던 함경도 주을온천에서 러시아 여인들을 본 후, 서구적인 것에서 미의 본질을 찾으려는 경향을 보여 '메주 문학'이니 '버터 문학'이니 하는 시비에 휘말리기도 했다.

1928년 《조광》에 단편소설 〈도시와 유령〉을 발표하며 정식으로 등단했다. 초기 작품에는 《노령근해》, 〈마작철학〉 등이 있고, 이후 단편소설 〈돈(豚)〉, 〈산〉, 〈들〉 등을 발표했다. 1936년에는 서정성의 극치를 보여주는 〈메밀꽃 필 무렵〉을 발표했으며, 인간의 성(性) 본능을 탐구한 〈장미 병들다〉, 《화분》 등도 주목을 받았다.

서정이 피어날 무렵

고향 달의 숨소리가 그리웠던 사내

강원도 봉평, 작은 시골에 이야기를 유난히 좋아하는 소년이 살았다. 읍내 평창으로 유학 온 소년은 충주집이라는 주막에 도시락을 맡겨두고 점심을 먹곤 했다. 점심보다 어른들이 모여 수군거리는 얘기가 더 맛났다. "장설 때 마다 오는 그 얼금뱅이 장돌뱅이 있지? 허생원이라던가? 그이가 성서방네 처녀와 그렇고 그런 사이라지. 어제 새벽에 둘이 물레방앗간에서 나오는 것을 봤다는구면." 이 소년이 자라 소설가 이효석이, 그때 가장 재미있게 들었던 이야기는 〈메밀꽃 필 무렵〉이란 작품이 되었다.

메밀꽃 축제

버터만 먹었더니 메주가 그립더라

이효석은 영서 3부작이라 불리는 〈메밀꽃 필 무렵〉을 비롯해 〈산협〉과 〈개살구〉 등 고향을 배경으로 한 많은 작품을 발표했다. 그러나 아이러니하게도 「이효석의 장녀 이나미의 주장에 의하면, 이효석의 생모는 그가 다섯 살 되던 해인 1911년경 세상을 떠났고, 이효석은 계모인 강씨와의 불화 때문에 일찍부터 집을 떠나 생활했으며, 나중에는 고향을 멀리했다고 한다.」 (이상옥, 《참여에서 순수로-이효석》 중에서)

'평창하면 봉평'이고 '봉평하면 이효석'이다. '이효석하면 〈메밀꽃 필 무렵〉'이고 〈메밀꽃 필 무렵〉하면 허생원과 성서방네 처녀'가 연상된다. 그러나 정작 그에게 고향이란 향수를 불러일으킬 만큼 그립고 정겨운 곳이 아니었나 보다.

> 고향의 정경이 일상 때 마음에 떠오르는 법 없고 고향의
> 생각이 자별스럽게 마음을 눅여준 적도 드물었다. 그러
> 므로 고향 없는 이방인 같은 느낌이 때때로 서글프게 뼈
> 를 에이는 적이 있었다.
>
> 수필 〈영서의 기억〉 중에서

평생 이어진 타향살이 때문일지도 모른다. 그는 봉평에서 태어났지만 네 살 때 아버지를 따라 서울로 이주해 살다 2년 후에 다시

낙향해 서당에 다녔다. 보통학교를 다닐 무렵에는 집에서 40km나 떨어진 봉평에서 하숙하며 지냈다. 졸업 후 1920년부터는 서울에 홀로 올라와 고학을 시작했다. 고향에 대한 기억이 애틋하지 않고, 고향이 그립지 않은 것이 당연할지도 모르겠다. 이효석의 가장 절친한 친구였던 유진오도 학창시절 그가 자신을 고향으로 데려간 적이 한 번도 없어 의아해했다고 한다.

그는 자신의 고향을 초라하고 부끄럽게 여겼다. 세계주의에 눈을 돌려 부유해 보이고 세련돼 보이는 '서구'를 고향으로 삼고자 했다. 모카커피를 인이 박힐 정도로 좋아했고, 당시 집 한 채 값에 맞먹는 피아노를 들여놓고 쇼팽의 곡을 직접 연주하기도 했다. 이러한 이국적 취향은 생활면면에, 몇몇 작품에서도 드러나고 있다.

그러나 그도 몸에 배인 지독한 향수를 날려 보내긴 힘들었나 보다. 두 번의 만주여행을 통해 다른 문화를 직접 체험하면서 자신의 문화적 정체성을 발견했다. 고향은 가난하고 초라해서 부끄러운 곳이 아니라, 오늘의 자신을 있게 한 곳이라고 생각을 바꾸었던 거다. 그의 고향에 대한 애착은 작품 속 사투리 흔적에서도 발견된다.

> 팔리지 못한 나무군패가 길거리에 궁싯거리고들 있으나 (중략) 춤춤스럽게 날아드는 파리떼도 장난군 각다귀들도 귀치 않다. (중략) 까스러진 목 뒤털은 주인의 머리털과도 같이 바스러지고, (중략) 아이는 앵돌아진 투로 소리를 치며 깔깔 웃었다.
>
> 〈메밀꽃 필 무렵〉 중에서

순박한 강원도 산골소년이 사투리로 양념을 쳐가며 재미있는 이야기를 들려주는 듯하다. 고향을 잊어버린 사람은 고향 사투리도 잊게 마련인데 그는 잊지 않았다. 서구 세계에 인이 박힌 듯 보이나, 마음 밑바닥에 고향에 대한 그리움이 가득했던가 보다.

메밀꽃

커피 향과 메밀꽃 향 머무는 그곳

이효석은 서정적인 묘사에 뛰어난 작가다. 글 잘 쓰기로 유명한 유홍준 교수에게 글쓰기 스승이 있었는데, 바로 이효석이다. 유홍준 교수는 〈메밀꽃 필 무렵〉을 200번 이상 필사했다고 한다. 우리 시대 문학적 스승이 숨 쉬는 곳이 이효석문학관이다. 산자락에 자리한 문학관에 오르면 풀밭 위 책상에서 그가 커피 향을 맡으며 글을 쓰고 있다. 곁에 자리한 전축에서 금방이라도 음악이 흘러나올 것 같다. 문학관 안 전시실로 들어가면 시선을 뺏는 곳이 있다. 서구적 취향을 가졌던 이효석의 서재를 꾸며놓은 곳이다. 그럴듯

이효석문학관 - 자필원고

하게 꾸민 크리스마스 트리가 놓여 있고 책상과 피아노, 전축, 서양 여배우 사진 액자가 걸려 있다. 한 쪽 면은 〈메밀꽃 필 무렵〉 섹션으로 장식하고 있고, 곳곳에 작품 속 장면을 묘사한 모형들이 관람객의 시선을 이끈다. 메밀전시관까지 따로 마련한 것을 보면 메밀과 봉평 그리고 이효석이 삼위일체 된 느낌이다. 그가 세상을 떠난 지금도 이곳은 그를 품어주는 고향이 되어 그의 서정을 더욱 짙게 하고 있다.

메밀꽃 향에 취한 두 사내

> 밤중을 지난 무렵인지 죽은 듯이 고요한 속에서 짐승 같은 달의 숨소리가 손에 잡힐 듯이 들리며, 콩포기와 옥수수 잎새가 한층 달에 푸르게 젖었다. 산허리는 온통 메밀밭이어서 피기 시작한 꽃이 소금을 뿌린 듯이 흐뭇한 달빛에 숨이 막힐 지경이다.
>
> 〈메밀꽃 필 무렵〉 중에서

달밤이라는 시간과 메밀꽃이 피기 시작한 봉평이라는 공간에 대한 이토록 치밀하고 시적인 묘사는 고향에 대한 애착이 없고서는 불가능한 것이다. 재미있는 이야기꾼으로 성장한 소년이 고향 봉평을 그리워한 마음은 허생원을 통해서도 느껴진다.

"첫날밤이 마지막 밤이었지. 그때부터 봉평이 마음에 든
것이 반평생을 두고 다니게 되었네. 평생인들 잊을 수
있겠나"

<메밀꽃 필 무렵> 중에서

　　허생원에게 첫날밤이 마지막 밤이 됐던 봉평에서의 아련한 기
억이 반평생동안 봉평장을 다니게 된 이유가 됐다. 이처럼 봉평은
허생원에게는 첫사랑의 장소고, 이효석에게는 그리움이 사무치는
곳이다.

　　문득 첫사랑이 생각나거나 고향이 그리워질 때가 있다. 하지만
때로는 기억 저편으로 사라진 첫사랑의 변한 모습에 실망하기도,
오랜만에 찾은 고향의 달라진 모습에 슬픔을 느끼기도 한다. 그대
로 남아줬으면 하는 욕심을 가져 보지만, 가장 찬란했던 시절의 첫
사랑과 아련하고 애틋한 기억은 마음속 깊게 배여 있을 뿐이다. 깊
은 아쉬움이 느껴질 때 봉평을 찾아보자. 아련한 감정이 조금은 옅
어질지 모른다.

1 서구적 취향을 가졌던 이효석의 서재   2 이효석의 집필 모습

효석문화마을은 국내 최초로 문학작품으로 스토리텔링한 곳이다. 소설 속 허생원과 동이가 건넜던 흥정천 근처에 차를 세워두고 가산공원부터 둘러보자. 공원 내에는 이효석 흉상과 복원된 충주집이 자리 잡고 있다. 막걸리 한 사발 먹고 싶은 생각을 접고 흥정천 다리를 건너면 메밀꽃이 흐드러지게 핀 풍경을 만난다. 메밀꽃은 아쉽게도 9월 즈음 열흘 남짓만 피니 여행일정 짤 때 참고하자. 메밀밭을 지나면 허생원과 성서방네 처녀가 인연을 맺었던 물레방앗간이 있다. 여전히 세차게 돌아가는 물레방아 옆으로 난 산길을 오르면 이효석문학관이 보인다. 문학관에는 이효석의 생애와 문학세계를 볼 수 있는 자료들이 전시돼 있고 문학관 주위도 아름답게 조성돼 있다. 이효석문학관을 뒤로 하고 내려오면 이효석문학비가 보이고, 문학비를 뒤로 하고 계속 내려오면 주차장이 있다. 주차장 오른쪽으로 올라가면 이효석생가마을이 있다. 이 마을에 이효석의 생가는 물론 평양에서 살던 푸른 집이 복원돼 있다. 근처에 이효석생가 터도 있으나 원래 있던 집을 헐고 다시 지은 집이라 옛 모습은 사라졌다. 생가 터 맞은편에 이효석문학의 숲이 있는데, 〈메밀꽃 필 무렵〉을 테마로 한 곳으로 소설 속 풍경을 찾는 재미가 쏠쏠하다.

이효석문학관 내부

시인 김남극은 봉평 출신 작가다. 2003년 시 전문 계간지 《유심》의 신인문학상 수상으로 등단했다. (사)이효석문학선양회 부위원장을 맡고 있으며 1998년부터 현재까지 이효석과 관련한 학술 행사 및 문예 사업을 담당하고 있다. 작품으로는 시집 《하룻밤 돌배나무 아래서 잤다》와 《너무 멀리 왔다》가 있다. 시에 소박함이 묻어 있고, 산골의 정취가 느껴져 마음이 따뜻해진다.

이효석생가 터 옆에 메밀꽃 필 무렵(033-335-4594)이라는 메밀음식 전문점이 있다. 메밀국수가 맛있는 곳이지만, 감자만두도 쫄깃쫄깃한 식감에 계속 손이 간다. 봉평장 안에 있는 현대막국수(033-335-0314)도 맛집으로 유명하다. 긴 줄에 우선 놀라겠지만 감칠맛과 비교적 저렴한 가격이 줄을 서서 기다리는 불편을 감수하게 만든다.

사각사각 그려낸,

그의 캘리그라피

|

#한수산 #강원도 #춘천시

작가소개

한수산은 1946년 강원도 인제에서 태어나 춘천에서 자랐다. 강원도 시골 마을에서 그에게 책은 헤어짐 없는 벗이었다. 춘천고교 시절에는 세계문학전집을 읽으며 방황의 시기를 달랬다. 작가로서 섬세한 감성과 유려한 문체를 기반으로 감수성 풍부한 소설을 써 큰 인기를 누렸다가, 1981년 '한수산 필화사건'에 휘말리면서 한국을 떠나기도 했다. 그는 "과거를 오늘의 문제로 되살리는 것"이 중요한 '문화적 기억'임을 강조하며, 최근에는 역사소설에 집중하고 있다. 오늘의 작가상, 녹원문화상, 현대문학상 등을 수상했다.

작품소개

1972년 《동아일보》 신춘문예에 단편소설 〈4월의 끝〉이 당선된 후, 베스트셀러작인 장편소설 《부초》로 널리 이름을 알렸다. 주요 작품으로는 소설집 《모래 위의 집》, 《4백년의 약속》 등이 있으며, 장편소설로는 일제강점기 강제징용병들의 뼈아픈 삶을 그린 《까마귀》와, 최근 이를 개작한 《군함도》가 있다. 에세이로는 《단순하게 조금 느리게》, 《내 삶을 떨리게 하는 것들》 등이 있다.

사각사각 그려낸,

그의 캘리그라피

　사각사각……. 무언가 스쳐 지나갔다. 움직임을 따라 검은 꽃이 피었다. 꽃망울은 이야기를 머금고 있었다. 그리고 또 사각사각…… 사각사각. 소리에 맞춰 발자국이 그려졌다. 깊게 팬 자국은 꼬리에 꼬리를 물고 계속됐다. 저 멀리 지나간 한 남자의 그림자가 보였다. 작가 한수산이었다. 그는 춘천에서 글을 쓰다 답답할 때면 어김없이 소복하게 눈 쌓인 공지천을 걸었을 테다. 새로운 문장은 항상 그의 발걸음으로 시작해 연필 끝으로 모였다. 노트 위 사각거리며 피어난 문장이 춘천 곳곳을 섬세하게 그려 냈다. 하얀 공지천에는 작가의 발자취가 검은 꽃가루 되어 아스라이 남아있는 듯했다.

동그라미 아니면 세모

　한수산에게도 무명의 시절이 있었다. '문학청년'이라 불리던, 가장 반짝였던 청춘이었다. 하지만 시대적인 아픔에 배움조차 쉬이 할 수 없던 시절이었다. 1971년 정부는 위수령과 함께 시내 10개 대학의 문을 닫았고, 반정부 시위에 가담했던 청년들을 가려냈다. 그가 경희대에 다니던 시절, 할 수 있는 게 아무것도 없던 암울한 시기. 그는 '무언가'라도 하고자 학교 담을 넘었다. 물리적 투쟁은 아니었다. 그가 해볼 수 있는 건 소설 쓰기였다. 빈 강의실에는 '사각'대는 연필의 움직임 소리만이 자욱하게 뻗치고 있었다.

> 너 연애 잘 못 하지? (중략) 이런 소설을 쓰는 녀석이 연
> 애를 잘할 리가 없지. 연애를 잘 못 하니까 소설에서나
> 이렇게 쓰는 거 아니겠냐?
>
> 　　　산문집《사람을 찾아, 먼 길을 떠났다》중에서

　긴 시간이 지나고 완성된〈대설부〉초고를 들고 찾아간 연구실에서 황순원 선생이 웃으며 놀려댄 말이었다. 남자가 여자와 함께 동그라미와 세모를 그리며 사랑을 읽어 나가고, 산에 오르던 남자가 여자에게 옹달샘을 떠주는 장면들. 진흙탕 같은 시커먼 사회 속에서, 어쩌면 '연애를 잘 못 해서' 눈처럼 뽀얗고 순수한 사랑을 그려냈는지도 모르겠다. 때론 황순원의 농담 속에, 때론 "그런 거나 쓰려면 소주나 한 병 먹고 말아."라는 모진 가르침 속에 그의 대학

노트는 소설 습작으로 가득 채워졌다. 황순원의 빨간 펜으로 교정한 원고들이 쌓이던 어느 날, 《동아일보》신춘문예에 〈사월의 끝〉이 당선되며, 한수산은 작가의 길로 들어섰다.

원효로 4가 5번지

그는 춘천고등학교 시절 선배 대신 학교를 대표해 나간 도내 백일장 시 부문에서 고등부 장원을 얻었다. 당시 친구는 그 시를 《학원》에 투고했고, 이 작품이 박목월 선생의 평과 함께 실렸다. 박목월과의 운명은 이렇게 시작됐다. 이후 춘천교육대학에 진학 후 선배의 권유에 따라 학교 신문사 기자로 활동하며 또 다시 박목월을 만났다. 원효로 4가 5번지, 우연히 박목월의 집에 들어선 그는 시인의 책상 위 연필과 노트를 보며 작가의 길을 꿈꿨다. 그날의 짜릿함을 작가는 일기에 남겼다고 한다. 「살아가는 일이란, 꿈꾸어볼 만하고, 기다려볼 만하고, 아 애써볼 만한 일인가.」(산문집 《단순하게 조금 느리게》 중에서)

> 춘천이 나를 기르고 담금질했다면 거기 쇳물이 녹아 흐르는 가마는 석사동이었고 공지천이었다.
> 산문집 《춘천, 마음으로 찍은 풍경(공저)》 중에서

한수산에게 있어 박목월이 작가로서의 삶을 시작하게 된 씨앗이었다면, 춘천은 작가로서의 삶을 살게 해 준 자양분이 됐을지도 모른다. 그래서 그에게 춘천은 새벽 청춘이 피어오른 공간이었고, 문학 인생이 천천히 스며든 출발 지점이었다. 춘천교대가 자리한 석사동에서 그의 연필은 쉼 없이 움직였을 것이다. 시를 써보겠다고 결심한 춘천교대 2학년 시절, 40여 권의 대학노트 위엔 까만 연필로 써 내려 간 꽃이 만발했다. 그해 말 작가는 《강원일보》 신춘문예 시 부분에 당선됐고, 그의 시는 훗날 섬세하고 화려한 문체의 밑바탕이 됐다. 연필로 쓴 장편소설 《부초》는 그를 베스트셀러 작가로 만들기도 했다. 작가는 20년 내내 연필로 글을 쓰고 또 고쳤다. 하얀 겨울 공지천 산책로를 걸으며 한수산이 생각나는 건 그의 문장이 소리가 되어 춘천 곳곳에 내려앉았기 때문이리라.

툭-. 그의 연필이 떨어졌다. 더 이상 검은 꽃은 피어나지 않았다. 섬세하고 서정적인 문체로 독자의 관심을 받던 그가 연필을 놓게 되는 사건이 발생했다. 그는 한 인터뷰에서 "한동안 글을 못 썼다. 인간에 대한 사랑과 신뢰가 있어야 글을 쓸 수 있으니까. 그 사건을 계기로 나의 글에 사회성을 곁들이게 되었다."라고 담담하게 말했다. 소위 일컫는 '한수산 필화사건'으로 그는 한동안 작품 활동을 할 수 없었다. 정권을 비판했다는 이유로 모진 고문을 받았고, 한국 땅에서는 당분간 살 수 없다는 판단에 결국 떠밀리듯 일본으로 떠났다. 그건 또 다른 시작이었다. 어둡고 긴 터널의 시작.

한수산은 1988년 일본에 체류하던 중 〈원폭과 조선인〉이라는 책을 접했고, 하시마 탄광의 조선인 강제징용과 나가사키 피폭에 대한 작품을 쓰기로 한 계기가 됐다. 이후 군함도와 나가사키에 십여 차례 방문, 치밀한 현장 취재를 거쳐 2003년 대하소설 《까마귀》를 펴냈다. 그 후 보완의 필요성을 느껴 전작을 대폭 수정해 《군함도》를 출간했다. 작가는 한 인터뷰를 통해 소설이 역사를 기억해야 할 의무에 대해 말했다. "화석처럼 굳어져 가는 그때를, 어둠 속에 묻혀 가는 그 비극을, 망각의 이끼에 뒤덮여가는 그 진실을 문화가 기억하고 파헤쳐서 살아있는 오늘로 되돌려야 합니다. 소설이 그 시대를 이야기하고 오늘 우리의 가슴을 쳐야 합니다." 27년이라는 긴 세월 동안 한수산이 《군함도》에 매달렸던 이유다.

소양강의 뒷모습이 남기고 가는 말을 춘천은 안다. 견뎌

내. 힘들수록 견뎌야 해.

《군함도》 중에서

　작가는 《군함도》를 개작하며 그의 문학적 출발지를 한국의 무대로 잡았다. 한국을 떠날 수밖에 없었던 그의 아픈 과거. 한수산은 한국을 떠나며 어쩌면 이런 마음을 다졌을지도 모르겠다. 그의 상처가 계기가 되어 만들어진 작품, 그 속에 우리 역사의 뼈아픈 진실. "어제를 기억하는 자에게만이 내일은 희망"이라고 말하는 한수산. 그가 탄탄히 써내려간 어제는, 이제 내일을 꾸리는 희망으로 지금의 독자에게 다가오고 있다.

안개 낀 춘천은 작가의 쓰라린 청춘의 회고다. 문인 29인의 산문집인 《춘천, 마음으로 찍은 풍경》에서 작가는 「청춘의 가장 반짝이던 때, 가슴 저리고 쓰라리고 하염없는 그 시절을 보낸 곳으로서의 춘천은 나에게 언제나 현재진행형일 수밖에 없다.」고 말했다. 춘천의 안개를 보기 위해서는 오전 시간에 춘천호나 의암호로 가길 권한다. 한수산의 〈안개 시정거리〉를 읽었다면, 그가 "내 젊은 날의 자화상"이라 얘기하는 작가의 청년 시절을 느낄 수 있을 것이다. 공지천은 작가의 발자취가 가장 많이 남은 공간이다. 대학노트와 연필 한 자루 들고 공지천 벤치에 앉아 시 한 편 써보는 것은 어떨까. 작가가 공지천을 표현한 문장을 찾아 사각사각 써 내려가도 좋을 거다. 시간이 남으면 작가의 문학이 피어난 춘천고교와 춘천교대 교정을 거닐어보자. 소설 《군함도》가 영화화되며 춘천을 배경으로 촬영했는데, 현재 세트장은 사라졌지만 영화 속 혹은 소설 속 '군함도'의 공간을 찾아보는 것도 좋겠다.

한수산의 청춘이 스쳐 지나간 공지천 벤치

다른 작가를 엿보다

춘천을 주 무대로 활동한 작가가 많다. 그중에서도 단연 이외수다. 이외수는 《황금비늘》, 《장외인간》, 《꿈꾸는 식물》, 《겨울나기》, 《훈장》 등 여러 작품 속에 춘천의 공간을 생생하게 그리며 왕성한 작품 활동을 펼쳤다. 이외수는 〈안개중독자〉란 시에서 「(중략)/나는/아직도 안개 중독자로/공지천을 떠돌고 있다/(중략)/결국 춘천에서는/방황만이 진실한 사랑의 고백이다」라며 공지천의 안개를 노래하기도 했다. 공지천에는 '황금비늘 테마거리'가 조성됐고, 산책로를 따라 이외수의 다양한 작품 및 핸드프린팅 등이 전시돼있다.

여행을 맛보다

닭갈비와 막국수에서 벗어나 춘천 먹거리 여행을 조금 달리 하고 싶은 이에게 춘천낭만시장을 권한다. 낭만시장이라는 이름이 붙은 춘천중앙시장은 예술적 요소를 가득 담은 하나의 골목 갤러리다. 시장을 가득 채운 알록달록한 벽화와 재미난 그림 간판을 구경하다 보면 골목 안쪽에 이상한 이층집(070-4190-5410) 간판을 찾을 수 있다. 구수하고 담백한 일본 돈코츠 라멘이 주메뉴이며, 아기자기한 인테리어로 감성까지 함께 맛볼 수 있는 공간이다. 식사 후에는 시장 골목을 내려다보며 커피 한 잔의 여유도 즐길 수 있다.

영화처럼 살다 간 이

인생 레디 고!

#심훈 #충청남도 #당진시

심훈은 1901년 서울에서 태어나, 1936년 장티푸스로 36세의 젊은 나이에 생을 마감했다. 그는 1919년 경성고등보통학교 재학 시 3·1운동 가담으로 투옥됐다, 그해 집행유예로 풀려났다. 이후 퇴학을 당하고 중국으로 유학을 떠났다가, 귀국 후 1924년 《동아일보》 사회부 기자로 입사했지만, 1926년 민족 언론 운동 '철필구락부사건'으로 그만두게 된다. 1927년 일본에서 영화를 공부하고 돌아온 후, 이듬해 《조선일보》에 입사했다. 1931년 《조선일보》 퇴사후, 같은 해 경성방송국 문예담당으로 취직했다가 사상문제로, 1932년 충청남도 당진으로 낙향해 소설 창작에 몰두했다.

우리나라 최초의 영화소설은 심훈의 《탈춤》(1926)이다. 1930년 일제에 대한 저항이 담긴 《동방의 애인》과 《불사조》를 《조선일보》에 연재했으나, 일제 검열로 중단됐다. 1932년 장조카 심재영의 권유로 당진으로 낙향 후 《영원의 미소》, 《직녀성》을 차례로 발표했다. 《동아일보》 발간 15주년 기념 현상공모에 당선된 《상록수》가 대표작이고, 시집으로는 《그날이 오면》이 있다.

영화처럼 살다 간 이

인생 레디 고!

남 앞에서 우쭐대기를 좋아했다. 공부시간에 묘한 질문으로 아이들 웃기는 데만 정신을 써 선생에게 야단맞고 대들기 일쑤였다. 미워하는 일본인 수학 선생 뒤에다 주먹질하다 들켜 야단맞고, 까불지 않고 얌전히 공부하면 진급시키겠다는 제의를 거절하고 삼학년을 재수했다. 조금 알아도 많이 아는 듯 풍을 잘 떨었고 어떤 화제나 리드하려 했다. 3·1운동 가담 후 재판장의 "나중에 나가서 또 이런 짓을 하겠냐?"는 질문에 과장된 제스처로 "죽어도."라고 대답했던 일화도 있다. 재미있고 배짱 있는 사람, 외사촌 윤극영이 기억하는 심훈의 일화다.

영화는 내 인생

　민족 저항 시인, 농촌 계몽 소설가로 알려진 심훈은 잘 나가는 영화감독이기도 했다. 그가 만약 살아서 명함을 내민다면 소설가, 시인, 기자, 시나리오 작가, 영화감독, 배우 등 여러 직함에 놀랄 것 같다. 그만큼 다재다능했다. 그 많은 분야 중 그가 가장 좋아했던 것은 영화였고, 영화를 천직이라 여겼다.

　1923년 그는 중국에서 귀국 후 '극문회'라는 단체에서 최승일, 이경손, 김영팔, 안석주 등 당시 연극·영화계 주요 인물들과 교류했다. 1925년에는 영화 〈장한몽〉의 후반부에 주인공 대역을 맡기도 했다. 이수일과 심순애로 알려진 〈장한몽〉의 남자 주인공 역 주삼손이 행방불명되며 운 좋게 대역으로 캐스팅된 것이다. 미남 기자였던 심훈은 열연을 선보이며 영화인으로서의 면모를 과시했다.

　1926년에는 우리나라 최초의 영화소설 《탈춤》을 발표했고, 이때부터 '훈'이라는 필명을 쓰기 시작했다. 이 작품의 주인공 강흥렬은 당시 흥행작 〈아리랑〉의 주인공 영진의 캐릭터를 염두에 두고 썼다고 한다. 이 작품의 특이점은 삽화 대신 스틸 사진을 삽입한 것인데, 이는 영화제작에 대한 그의 욕망을 반영한 것이다. 《탈춤》은 일제의 검열로 미완성으로 끝났지만, 심훈의 영화에 대한 열정은 식지 않았다. 그는 1927년 일본으로 유학 가 영화제작기술을 공부하고 돌아와, 직접 원작·각색·감독한 영화 〈먼동이 틀 때〉를 단성사에 개봉해 흥행에도 성공했다. 당시 흥행작 나운규의 〈아리랑〉과 어깨를 나란히 할 정도였다. 그리고 조선영화에서는 처음으로 샷(shot) 안에서 카메라를 이동해 촬영하는 팬(pan)기법을 선보였다.

심훈기념관 - 심훈이 소장했던 영화 엽서

붓 대신 메가폰

　　1930년을 넘어서면서 일제의 지독한 검열과 영화자본의 영세, 영화 제작 기술부족이라는 조선의 열악한 영화현실이 심훈에게 뼈저리게 와 닿았다. 그는 생활고로 1932년 당진으로 낙향해 《영원의 미소》, 《직녀성》, 《상록수》를 쉼 없이 써 내려 갔다. 어찌 보면 그가 영화에서 아예 손을 떼고 소설 창작으로 발길을 돌린 듯 보일 정도다. 그러나 그는 필경사에서 소설을 쓰던 시기에도 영화제작에 대한 열정을 포기하지 않았다. 손 때 묻은 메가폰을 책상머리 제일 높은 곳에 달아놓고 매일 먼지를 털어 줬다고 하니 말이다.

> 영화는 나의 청춘기의 가장 귀중한 시간과 정력을 허비
> 시켰고 그 제작은 畢生의 사업으로 삼으려고 직간접적으
> 로 간여했던 것이다. 처음부터 문필로써 米鹽의 대를 얻
> 으려 함이 本望이 아니었기 때문에 僻村에 와서 그 생활
> 이 몹시 단조로울수록 인이 박인 것처럼 영화가 그립다.
> 〈다시금 본질을 구명하고 영화의 상도에로-
> 단편적인 偶感數題〉, 《조선일보》 중에서

　　그는 소설 창작에 몰두하던 시절에도 문필이 본망이 아니고, 영화가 화생의 사업(본직)이며 영화가 그립다고 고백하고 있다. 영화에 대한 끈을 놓치지 않고, 영화평론도 꾸준히 썼다. 그는 당시 문학인들이 플롯(plot)을 기준으로 영화를 비평하는 것에 불만이 많

앉고, 영화는 독립된 예술이지, 문학에 예속된 것이라고 생각하지 않았다. 그는 영화비평을 구체적으로 하려면 셋팅, 배광, 컷에 이르기까지도 유의해야 한다고 주장했다. 그리고 〈먼동이 틀 때〉를 두고 벌였던 한설야와의 논쟁은 조선 최초의 영화논쟁으로 유명하다. 한설야는 "청춘남여의 사랑을 위하여 한 몸을 희생하는 그러한 썩은 사람을 조선은 요구하지 않는다."라고 혹평했고, 인신공격도 서슴지 않았다. 화가 난 심훈은 《중외일보》에 〈우리 민중은 어떠한 영화를 요구하는가?-를 논하여 '만년설' 군에게〉로 13회에 걸쳐 재반격 했다. 그는 영화가 사상이나 이념의 선전도구로 이용되는 것을 거부했다. 이는 카프영화계와 한설야와 윤기정으로 대표되는 카프문인들에 대한 반발이라 볼 수 있다. 영화는 대중에게 '오락과 위안'으로서 역할을 담당해야 된다는 것이 그의 지론이었다. 한편 영화제작자의 경험으로 식민지 민족 자본의 한계를 인식한 그는 "우리 손으로 돈이 만들어질 세상부터 만들어 놓아야 할 것이다. 판국을 뒤집어 놓아야 한다."고 주장하며 일제에 강한 저항 의식을 드러냈다.

상록수, 영화 꿈꾼 소설

심훈 기념관은 시(詩) 작법의 구성방식인 기(민족의식의 태동)-승(저항의 불꽃)-전(희망의 빛)-결(그날이 오면)로 이뤄져 있다. 특히 전(희망의 빛)에서 그의 대중매체를 통한 문화 및 영화 활동과 영화 저널활동을 엿볼 수 있다. 기념관에서 나와 공원처럼 조성된 곳에 자리 잡은 필경사는 속내를 쉬이 드러내지 않았다. 심훈의 집이라고 적혀 있는 필경사 문은 꽁꽁 잠겨 있었다. 손을 창문에 댄 채 머리를 들이밀고 유심히 봐야 한다. 그 안은 너무나 소박해 정겹다. 그는 이 좁은 곳 책상에 앉아 밤낮없이 《상록수》를 집필했으리라. 탈고 후 뻣뻣한 허리와 저린 다리를 쓰다듬으며 감격스러워 했을 게 짐작 간다. 심훈은 《상록수》를 탈고한 후 곧바로 각색에 착수했고, 영화 〈상록수〉 개봉을 꿈꿨다. 역시나 일제의 방해로 영화화는 지연됐고, 결국 심훈의 죽음으로 허사로 돌아가고 말았다.

소설과 영화적 기법이 조화를 이룬 《상록수》의 탄생은 소설가이면서 영화제작자의 경험이 있던 심훈이 썼기에 가능했을 테다. 이 작품의 특징은 '영화적 장면화'에 있다. 농촌 계몽소설인 만큼 동혁과 영신 두 주인공 각자의 계몽활동차원의 장면이 있고, 동혁과 영신의 연애 장면이 있다. 동혁이 활동한 한곡리에서는 아침 체조 장면, 공동답 장면, 두레 장면, 회관 낙성식 장면 등으로 구성돼 있다. 영신이 활동한 청석리에서는 아이들에게 글을 가르치는 예배당 장면, 한낭청집 회갑연 장면, 청석학원을 짓는 장면, 낙성식 장면 등이 구성돼 있다. 둘의 연애 장면에서는 해당화 필 때 두 사람이 사랑을 확인하는 바닷가 장면이 백미라 할 수 있겠다.

소설과 영화에 대한 꿈으로 살다간 심훈. 상록수처럼 늘 푸르름으로 생동했을 그의 열정과 노력에는 일제에 대한 으르렁거림이 스며있다. 장티푸스가 원인이라고는 하지만 뭔가 석연치 않은 그의 죽음. 그가 살아있었더라면 쉼 없이 으르렁거리며 소설을 썼을 거다. 붓으로 밭을 갈 듯 써내려간 소설을 영화로 만든 심훈이 짐승같이 포효하며 메가폰에 외친다. 그날이 올 때까지 레디 고!

서해대교를 건너 송악IC를 빠져나와 38번 국도를 가다 보면 필경사를 알리는 안내판이 나온다. 필경사 안내판을 따라 좁은 길로 들어서면 오른쪽에 상록교회가 보이고 소나무 숲을 따라가다 보면 필경사가 보인다. 심훈의 일생이 담긴 심훈기념관과 유품들이 고스란히 전시된 필경사를 천천히 살펴본 후, 심재영 고택을 찾아가 보자. 왔던 길을 거슬러 가면 쉽게 찾을 수 있다. 심재영은 심훈의 장조카로 《상록수》의 주인공 동혁의 실제 모델이다. 운이 좋다면, 그의 장남 심천보 선생을 만날 수 있다. 정이 느껴지는 고택 안마당은 물론, 심훈이 거처를 필경사로 옮기기 전 창작활동에 몰두했던 서재를 보여줄지 모른다. 생전에 심훈이 산책을 즐겼다는 한진포구에도 걸음 해보자. 포구 근처 갯바위들은 박동혁과 채영신이 사랑을 약속했던 곳이다.

심재영 고택 - 심훈이 필경사에 가기 전 머물렀던 서재

시인 윤곤강은 충청남도 서산 출신 작가다. 1934년 제2차 카프 검거사건에 연루돼 수감됐다, 풀려난 후 당진 낙향이 시작됐다. 일생 중 위기가 닥칠 때마다 당진으로 낙향했다 하니, 당진과 보통 인연은 아닌 듯하다. 1930년대에서 해방공간에 이르기까지 6권의 시집을 발간하고, 최초로 동물시집을 발간하는 등 역량 있는 작가였지만, 문학적 위상에 비해 제대로 평가받지 못한다 여긴 당진의 문학동인회 '호수시문학회'는 2013년부터 매년 '윤곤강 문학포럼'을 주관해오고 있다. 그의 대표 시집으로는 《대지》, 《만가》, 《동물시집》, 《빙화》, 《피리》, 《살어리》 등이 있다.

한진포구 근처에는 비싼 횟집이 많다. 주머니가 가벼운 여행객이라면 파도소리 아우네 횟집(041-356-2212)을 추천한다. 비교적 싼 가격에 싱싱한 회는 물론 곁들어져 나오는 음식이 푸짐하고 맛있어 만족스럽다. 특히 매운탕은 냄새가 나지 않아, 자꾸 손이 가게 된다. 회를 즐기지 않는 이에게는 다양한 칼국수가 있는 사랑방 손칼국수(041-358-8861)를 추천한다. 젊은 연인이라면 칼국숫집 옆에 자리한 꽤 큰 자바 카페(041-353-1199)로 가보자. 2층에서는 식사도 가능하다.

절망 끝에서 희망을 그리는

6월은 아픈 보랏빛

|

#김원일 #대구광역시 #중구 #장관동

작가소개

김원일은 1942년 경상남도 김해군 진영읍에서 태어났다. 그가 6·25전쟁의 아픔을 겪어본 세대인 까닭에 그의 작품에는 남북분단이라는 현실적 소재가 많이 드러난다. 유년의 기억을 강조하는 작가는 전쟁의 기억과 아픔을 작품 안으로 가져올 때마다 괴롭지만, 이런 삶도 삶일 수 있다는 것을 말하고 싶어 글을 쓴다고 한다. 그는 진솔한 서정성과 냉철함으로 분단 현실을 문학으로 승화시킨 작가로 평가받는다.

작품소개

1966년 《대구매일신문》 신춘문예에 소설 〈1961·알제리아〉가 당선돼 등단했다. 《어둠의 혼》, 《노을》, 《불의 제전》, 《겨울 골짜기》 등 6·25전쟁의 비극에서 벗어나지 못한 현실을 다룬 작품을 많이 썼다. 특히 《마당깊은 집》은 전쟁 후의 삶을 대구에서 보낸 작가의 유년시절 경험을 바탕으로 한 작가의 대표적 소설이다. 그밖에 《오늘 부는 바람》, 《도요새에 관한 명상》, 《미망》 등의 작품이 있다.

절망 끝에서 희망을 그리는

6월은 아픈 보랏빛

김원일이 겪은 소년 시절은 '절망'이었다. 6·25전쟁, 아버지의 월북, 가장의 부재를 채워주길 바라는 어머니의 간절함. 그 간절함 때문에 고향인 진영을 떠나 가족과 함께 살게 되는 대구에서의 고단한 삶. 모든 게 어린 원일에겐 '절망'이었다. 절망이 절망으로 끝나버린다면 무채색의 삶만 남을 거다. 그러나 그가 그린 삶은 색을 갖는다. 절망 속에서 찾아낸 '희망' 덕분이다.

작가는 6·25전쟁이 빚어낸 상처와 괴로움을, 남북을 상징하는 파랑과 빨강이 혼합된 색 보랏빛이라 했다. 그는 전쟁 후 홀로 가족과 떨어져 고향인 진영 장터거리 주막에서 불목하니 노릇을 하며 어렵게 국민학교를 졸업하고 대구로 향했다. 작가는 당시를《마당깊은 집》에서 '팔려가는 망아지 꼴'로 그리고 있다. 어머니와 함께 살아가게 될 날들이 암담하게 느껴졌기 때문이다. 하지만 그가 가장을 대신한 강한 생활력과 근면, 도덕을 배우게 된 것도 어머니 덕분이다. 그런 이유로 그의 작품에는 어려서 보고 겪은 일상이 그대로 투영된 자전적 소설이 많다. 전쟁으로 얼룩진 삶, 어머니에 대한 원망과 분노, 아버지에 대한 막연한 환상이 그의 작품세계를 이루는 근간이 되었다.

김원일문학비

그리움의 소환, 강제된 생존

　김원일은 늘 아버지의 모습을 작품에 소환하려 했다. 그의 기억
에 몇 조각 남지 않은 아버지는 이상주의자이자 낭만주의자였다.
더불어 월북자였다. 월북자의 아들로 살아가는 게 쉬울 리 없었다.
아버지는 그에게 족쇄였다. 소설《노을》의 아버지는 김원일의 기
억 속에 자리한 모습 대신, 배반으로 점철된 폭군으로 등장했다. 선
과 반대편의 포악한 인간상에 대한 묘사를 통해 이데올로기의 허
무함이 드러났던 이 소설을 발표한 후, 작가에게는 아버지에 대한
미안함이 마음의 짐으로 가득하게 된다. 결국, 소설《불의 제전》에
서 '조민사'라는 인물을 통해 그토록 그리워하던 아버지를 오롯이

그리움의 소환, 강제된 생존

담았다. 이처럼 김원일 소설의 본류가 되었던 아버지는 1976년 발표된 《도요새에 관한 명상》부터 조금씩 모습을 달리한다. 지인을 통해, 월북한 아버지가 금강산부근 요양소에서 쓸쓸히 세상을 떠났음을 알고부터다. 작가는 이상과 현실을 구분하지 못한 한 인간의 삶을 대하며, 아버지에 대한 그리움을 접는다. 그 후 분단의 아픔에서 벗어나 환경문제, 학생문제, 고부간의 갈등 등 작품의 소재와 영역을 넓혀 간다.

그의 작품에서 또 다른 줄기는 어머니다. 어머니의 모습을 가장 잘 표현하고 있는 작품이 《마당깊은 집》이다. 이 작품에는 아버지의 빈자리를 장남에게 기대며, 한편으로 남편을 닮지 않게 현실주의자로 키우고 싶은 어머니의 열망이 드러나 있다. 소설에선 아버지를 대신해야 한다는 강박과 증오를 심한 매질로 가르치려는 어머니를 피해 가출하게 되는 길남이 등장하지만, 실제 작가는 가출이란 생각지도 않았다고 한다. 어머니의 심한 매질보다 세상의 핏빛 어둠이 더 무서웠기 때문이다. 어린 원일을 혹독하게 훈육하며 조금씩 나아지는 환경을 애타게 갈망하는 어머니의 악착같은 삶과 그 틈바구니에서 생존하는 법을 깨우쳐가던 작가. 작가가 벗어나고자 했고, 생존하고자 했던 삶은 이처럼 개인적인 것과 역사적인 것으로, 두 방향을 가진다.

더러운 세월, 지난한 골목

약전골목이 있는 대구 장관동과 그 주변은 《마당깊은 집》의 토대를 이룬다. 고향을 떠난 대구에서의 삶은 거듭된 고난이었다. 어머니의 혹독한 훈육과 매질. 그로 인한 방황과 어린 눈에 비친 이데올로기의 모순, 병마에 시달리다 생을 마친 동생의 죽음까지. 작가는 장관동에서 많은 아픔을 겪었다. 그런 탓에 그는 대구 장관동 시절을 '더러운 세월 약전 골목'으로 기억하고 표현한다. 《마당깊은 집》의 실제 무대다. 마당깊은 집에는 여러 가구가 휴전 직후의 어수선한 세월을 함께 넘기고 있었다. 6가구 22명이 굴곡진 삶을 살아가는 애환과 쓰라린 체험이 어린 길남의 눈으로 조명된다. 작가 김원일의 시각이기도 하다.

문학비평가 허윤진은 그런 김원일을 향해 이렇게 노래하고 있다.

「오랜 시간 글을 쓴 한 남자는 글을 쓰면서 변함없이/꾸준하게 오래오래 아팠을 것이다/자기 몫의 아픔뿐만 아니라/타인들 몫의 아픔까지 떠맡으면서/소설은 그런 아픔의 기록이다/그는 성실하게 아파왔다」(중략)

타인의 아픔까지 도맡아 그려냈던 작가는 절망의 끝에서 놀랍게도 희망을 채색했다. 우리의 삶이 무채색이지 않을 수 있도록.

《마당깊은 집》의 배경은 대구시 중심부 약전골목이 있는 장관동이다. 이곳은 김원일이 문학에 눈을 뜨기 시작한 곳이기도 하다. 작가가 소년 시절을 보낸 장관동에 과거, 현재, 미래가 공존하는 '대구 골목투어'가 생겨나 많은 이가 찾고 있다. 그중에서 '근대문화 골목투어'는 《마당깊은 집》의 주인공인 길남의 행적을 따라가며, 이제는 사라지고 없는 마당깊은 집의 흔적을 느껴보게 한다. 그 밖에 장관동에는 약전골목의 삶을 살펴볼 수 있는 '약령시 한의학박물관'과 진골목에서만 80년 세월의 무게를 이고, 수많은 문인의 체취를 간직한 미도다방도 있다. 골목 끝자락인 대봉동에는 전국 최초로 대중음악인의 이름을 딴 거리 '김광석 다시 그리기 길'이 대구의 새로운 명소로 꼽히고 있다. 나이 서른 즈음에 어느 60대 노부부의 노래를 부른 그이지만, 서른 즈음에 우리 곁을 떠난 김광석. 그가 태어난 곳이 바로 이곳 대봉동이다. 골목투어 신청은 대구광역시 중구청 골목투어 홈페이지(www.jung.daegu.kr/alley)와 전화(053-661-2194)를 이용하면 된다.

조두진은 소설 《북성로의 밤》에서 일제강점기 시절 약전골목을 포함한 대구 북성로를 중심으로 치열한 삶을 살다간 3형제를 통해 아픈 근대사를 보여주고 있다. 이 작품은 한 형제지만 살아가는 방법이 달라 결국 서로에게 총을 겨누는 엇갈린 삶을 살아야 했던 우리의 슬픈 자화상을 이렇게 대변하고 있다. 「쓸모가 없어야 살아남는다. 살아남아야 쓸모가 있는 것이다.」(소설 《북성로의 밤》 중에서) 〈마당깊은 집〉과 《북성로의 밤》에 등장하는 다른 듯 닮은 근대의 모습을 살피는 것도 의미 있을 것이다.

《마당깊은 집》의 흔적을 따라 걸을 수 있는 골목여행은 길남이와 함께 걷는 길이다. 길을 따라 소설 속을 거닐다 보면 어스름한 진골목 한쪽에 고등어정식, 한우국밥, 된장정식 등을 맛볼 수 있는 송정식당(053-425-2221)과 육개장, 육국수, 콩나물국밥을 맛볼 수 있는 진골목식당(053-253-3757)이 있다. 식사 후에는 진골목의 추억과 낭만을 그대로 간직한 미도다방(053-252-9999)에서 약차나 한방차를 맛볼 수 있다.

빌뱅이 언덕 아래

종지기가 건네는 위로

|

#권정생 #경상북도 #안동시

권정생은 1937년 도쿄 빈민가에서 태어나, 2007년 71세로 삶을 마감했다. 그는 평생 병고와 가난을 겪었지만, 가난하고 소외된 사람은 물론 뒷산에 사는 다람쥐와 벌레, 대추나무 한 그루까지 사랑했던 따뜻한 이였다. 겉치레를 경계하고 삶과 문학이 일치하는 생을 살다간 그를 두고 '작지만 큰사람'이었다고 평한다.

1969년 동화 〈강아지 똥〉은 권정생이 동화작가의 삶을 시작하게 된 작품이다. 이후 그는 1975년 제1회 한국아동문학상을 받았으며, 동화 〈무명저고리와 엄마〉와 《몽실언니》 등을 비롯해, 산문집 《우리들의 하느님》, 시집 《어머니 사시는 그 나라에는》 등 많은 작품을 남겼다. 그는 평생 안동의 시골 마을에 살며, 가난과 병고로 고통받는 이웃과 자연에 대한 사랑을 작품의 주된 주제로 다뤘으며, 세상을 보듬는 인간애로 비극을 극복하는 과정을 그렸다.

종지기가 건네는 위로

한겨울 새벽, 차가운 하늘 위 총총한 별들 사이로 성스러운 종소리가 울려 퍼졌다. 종소리는 초가집 창문을 두드리고 마을 돌담길을 돌아 다시 먼 하늘로 날아갔다. 초라한 시골교회 종지기는 칼바람에 얼어버린 종 줄을 잡은 손이 얼얼하게 시려 와도 장갑을 끼지 않았다. 가난하고 소외받은 이에게, 아픈 이에게, 벌레에게, 길가에 구르는 돌멩이에까지 골고루 가 닿는 종소리를 따뜻한 손으로 만들어낼 수는 없었다. 차마 자기 혼자만 따뜻하게 손을 덥힐 수 없었다.

낡고 소탈한 일격

　조그만 시골교회 종지기 권정생은 어느 날 물끄러미 마당을 내다보았다. 처마 밑에 버려진 강아지 똥에 비가 내리더니 흐물흐물 녹아내리며 땅속으로 스며들었다. 며칠 후 그 옆에서 민들레 꽃이 피어나는 것을 본 그는 눈물을 흘릴 정도로 감동했다.

　　방긋방긋 웃는 꽃송이엔 귀여운 강아지 똥의 눈물겨운
　　사랑이 가득 어려 있었어요.
　　　　　　　　　　　　　　　　　　　〈강아지 똥〉 중에서

　눈에 보이는 아름다움만 아름다운 게 아니라는 것, 천대받고 보잘것없어 보이는 것도 충분히 쓸모 있다는 것을 세상에 말하고 싶었다. 그런 그가 젊은 나이에 결핵의 후유증으로 콩팥과 방광을 다 들어내고, 옆구리에 오줌 주머니를 찬 채 죽음과 싸워가며 쓴 동화가 〈강아지 똥〉이다.

　권정생은 스물아홉에 시작한 교회 종지기 노릇을 소홀히 하기 싫어 조탑마을을 벗어나지 않았다. 교회에 종이 없어진 후에야 16년의 종지기생활을 마감했을 정도였다. 보잘것없어 보이는 일을 구석진 곳에서 묵묵히 해낸 그야말로 '강아지 똥' 같은 존재가 아니었을까?

　작가의 생가를 찾아가는 골목 어귀에 낯익은 돌담이 둘러쳐 있다. 동화책 〈강아지 똥〉 표지에 화가 정승각이 그린 것과 똑같은

일직교회 종탑

돌담이다. 골목길을 따라 그의 생가 마당에 들어선 순간, 너무도 초라한 모습에 가슴이 찌르르 아려온다. 고인돌 하나, 나무 한 그루, 개집 하나, 변소 한 칸 그리고 작은 오두막 한 채, 그뿐이다. 방문 위에 마분지를 대충 접어 초등학생 같은 글씨체로 '권정생'이란 이름 석 자 달랑 적어넣은 누렇게 빛바랜 종이문패가 그의 소박한 얼굴처럼 미소 짓고 있다. 그의 지인 이현주 목사는 1975년《조선일보》신춘문예에 당선됐을 당시 수상식 단상에 섰던 그의 모습을 이렇게 회상한다.

권정생 생가

틀림없이 장터 행상에게서 샀을 허름한 코트를 목이 긴 털 셔츠 위에 걸치고 무릎이 벌쭉하니 나와 종아리가 다 드러난 검정 바지에 검은 고무신을 신고 있었다. 그것은 빳빳한 와이셔츠 깃 아래 어지러운 무늬의 넥타이를 매고 윤이 나도록 손질한 가죽구두를 신은 서울 놈들에게 통쾌한 일격이었다.

〈권정생 그의 문학과 삶〉 중에서

낡은 문틀 위 누런 종이문패로 권정생에게 일격을 당하고 돌아오는 차 안에서 휘황찬란한 도시의 밤거리를 내다보며 줄곧 생각했다. '사람은 무엇으로 사는가?'

낡은 문틀 위 빛바랜 종이문패

절뚝이던 꽃

절뚝거리며 걸을 때마다 몽실은 온몸이 기우뚱기우뚱했
다. 그렇게 위태로운 걸음으로 몽실은 여태까지 걸어온
것이다. 불쌍한 동생들을 등에 업고 가파르고 메마른 고
갯길을 넘고 또 넘어온 몽실이었다.

《몽실언니》 중에서

어려서 계부에게 폭행 당해 다리를 절게 된 몽실은 아버지가
서로 다른 양쪽 가족을 돌보며 희생의 삶을 살아간다. 그녀는 먹을
것이 없어 남편을 버리고 다른 남자에게 시집간 어머니를 그럴만
한 이유가 있다며 용서하기까지 한다.

《한티재 하늘》, 《점득이네》, 《무명저고리와 엄마》 등 권정생 작
품의 인물들은 하나같이 한 많고, 가난하고, 아픈 역사의 횡포에 짓
눌려 신음하는 이들이다. 그러나 한편 그들은 따뜻하고 순수하며
인간다움을 잃지 않는다.

《몽실언니》의 배경인 노루실 마을은 안동시 일직면 망호리로
'권정생 동화 나라'로 바뀐 옛 남부초등학교 일대다. 낮은 담장이
서로의 어깨를 기대고 들어앉아, 이웃의 소박한 살림살이가 훤히
들여다보이는 동네다. 햇볕이 따스하게 내려앉은 마당 한편에 노
부부가 마주 앉아 두런두런 얘기하며 마늘을 까고 있다. 따뜻한 풍
경을 뒤로 한 채 지척에 있는 운산장터에서 밥을 구걸해 병든 아버
지와 동생에게 먹였던 몽실이가 수없이 오간 길을 따라 걷는다. 길

가 비닐하우스에서 틀어놓은 라디오에서 흘러나오는 노래 한 구절이 가슴을 울린다. '한 송이 꽃이 될까, 내일 또 내일……' 꽃처럼 어여쁜 나이에 구걸하러 다녀야만 했던 몽실이의 얼굴에 스무 살에 할 수 없이 집을 나가 걸인생활을 해야 했던 권정생의 얼굴이 겹친다. 한번 살다 가는 인생, 활짝 핀 꽃 같은 시절 한 번 보낸 적 없던 두 사람의 생애가 애닯다.

별바라기의 슬픈 동화

　권정생의 동화는 슬프다. 그는 '세상이 슬픈데 어떻게 슬픈 이야기를 쓰지 않을 수 있나?'라고 말했다. 생전에 그와 깊은 교류를 하던 동화작가 이오덕은 '동화를 쓰기 위해서 세상에 태어난 듯한 이 작가가 깜빡거리는 목숨의 불을 간신히 피워 가면서 온갖 신체적, 물질적, 정신적 고통 속에 얼마나 처절한 생활을 하여 왔는가 하는 것을 비로소 알게 되었다. 어쩌면 그는 우리 민족의 온갖 불행을 한 몸에 지고 안고서 살고 있는 것 같았다.'고 말했다. 그는 히로시마 원자폭탄 투여, 해방 후 좌·우익의 충돌, 6·25전쟁의 소용돌이 속에서 가족들을 차례로 모두 잃었다. 폐병에 걸려 만신창이가 된 몸으로 오줌주머니를 차고 40kg도 안 나가는 쇠잔한 몸으로 빌뱅이 언덕 아래 오두막에서 평생 홀로 살았다.

　언제 죽을지 모르는 신체를 가지고 사는 사람의 절망을 짐작이나 할 수 있을까. 자신의 잘못 아닌 역사의 소용돌이가 빚어낸 결과를 떠안은 것이라면 그 분노를 감당해 낼 수 있을까. 그러나 권정생은 절망 대신 문학을 그러쥐고 안간힘으로 버텨냈다. 하루 글을 쓰고 나면 이틀을 열병에 앓아누웠지만, 동화 속 인물들과 슬픔과 고통을 나누며 온몸으로 글을 썼다. 그에게 문학은 '삶'이었고, 가슴에 맺힌 이야기를 풀어내는 과정이었으며, 서러운 사람들의 상처를 어루만져 주는 위로였다.

그의 집 바로 뒤편에 자그마한 언덕이 있다. 몸이 약해 안동 시내에조차 나가기 힘들던 그는 이곳 빌뱅이 언덕에 올라 별을 올려다보며 아픈 마음을 달랬다. 그래도 마음대로 외로워 할 수 있고, 아파 누울 수 있는 방 한 칸이 있어 행복하다고 말하던 사람, 지금은 그 마당 위 하늘의 별이 되었다. 세상이 어두워 더욱 빛나는 사람, 정생(正生).

생가 골목 어귀의 돌담

안동시 일직면 조탑동(造塔洞)에는 우리나라 보물 57호인 5층 전탑이 있다. 조탑동은 탑을 쌓는 벽돌을 구워내는 곳이 있어 붙여진 이름이라 한다. 권정생이 20대에 시작해 16년간 종지기로 있으며 〈강아지 똥〉을 집필했던 일직교회가 마을 한가운데 자리하고 있다. 교회에서 2~3분 정도 걸어가면 병들고 외로웠던 그를 평생 보듬어 주었던 남루힌 그의 생가가 나온다. 그의 생가에서 자동차로 10분 거리에 있는 일직면 망호리는 《몽실언니》의 배경지다. 이곳에 자리한 남부초등학교 폐교는 '권정생 동화 나라'로 꾸며져, 권정생의 육필원고와 사용하던 생활 집기들이 전시되어 있다. 인세로 받은 10억여 원을 북한 어린이들을 위한 성금으로 내놓은 그의 유품은 낡고 초라하다. 몽실언니가 살던 시대나 지금이나 별반 다름없어 보이는 조그만 시골마을에서 나그네 혼자 괜스레 울적해진다.

망호리 권정생 동화나라

다른 작가를 엿보다

「내 고향 칠월은 청포도가 익어가는 시절」로 시작하는 시 〈청포도〉를 쓴 이육사가 안동시 도산면 천리 출신이다. 일제강점기 때 '시를 생각하는 것도 곧 행동'이라며 시를 써서 일제에 항거한 저항시인이다. 〈광야〉 등 지조와 절개 가득한 시를 남기고 베이징 감옥에서 순국한 그의 문학관이 안동시 도산면 백운로에 자리하고 있다.

여행을 맛보다

안동 구시장 찜닭 골목 안에는 수십여 군데의 찜닭 집이 저마다 원조를 자랑하며 손님을 불러 모은다. 그중 안동인 안동찜닭(054-842-6655)의 찜닭은 자극적이지 않으면서 부추와 당면이 어우러져 깔끔한 맛을 낸다. 안동역 바로 옆 일직식당(054-859-7557)은 고등어를 이용한 각종 요리를 선보이는데, 노릇노릇 구워져 나온 고등어구이는 그야말로 밥도둑이다. 안동댐 월영교 맞은편에 위치한 까치구멍집(054-821-1056)에서는 헛제삿밥을 맛볼 수 있다. 묵직한 놋그릇에 차려져 나오는 제사음식을 맛보는 것도 색다른 재미다.

헛제삿밥

유랑과 유람, 길과 집, 어머니와 나 사이

아프도록 아름다운 형벌

#김주영 #경상북도 #청송군 #진보면

김주영은 1939년 청송군 진보면 월전리에서 태어나, 일제강점기와 6·25전쟁을 겪으며 가난으로 점철된 성장기를 보냈다. "탯줄을 끊고 난 순간부터 굶주림에 시달렸다."고 했을 만큼 그의 유년기는 궁핍했고, 가난해 더 외로웠다. 그래서 자주 "가난이 글을 쓰게 했다."고 고백했다. 작품에서 종종 드러나는 아픈 삶도 그의 문학을 이루는 큰 축이다. 스스로 '누더기 같다' 말한 가정사의 중심엔 늘 어머니가 있었다. 언젠가 그는 "나에게 소설은 재주가 아니라 뚝심이자 견디는 힘이었다."고 말했다. 소설을 쓰며 가난과 어머니로부터 비롯된 마음과 몸의 기아를 견뎠던 그다. 혹독할 만큼 치열하게 길 위를 떠돌며 소설을 쓴 것도 이와 무관치는 않을 터. 아마 그는 여든이란 나이에도 길 위에서 치열할 테다.

1971년 《월간문학》에 〈휴면기〉가 당선돼 등단한 후 《객주》, 《천둥소리》, 《홍어》, 《빈집》, 《잘가요 엄마》 등의 소설을 발표했다. 이 중 대표작은 조선 후기 보부상의 삶과 애환을 담은 대하소설 《객주》다. 그가 《객주》를 쓰기 위해 사료를 수집한 기간만도 5년이고, 무려 3년에 걸쳐 전국의 장터를 순례해 노트 11권 분량의 우리말을 채집했다. 지난 2013년에는 1984년 9권으로 마무리 지었던 《객주》를 34년 만에 10권으로 완간해 화제를 모으기도 했다. 가난했던 유년기에 대한 기억을 풀어낸 자전적 소설부터, '걸쭉한 입담과 해박한 풍물묘사가 돋보이는' 장편역사소설에 이르기까지 문학적 폭이 아주 넓다.

유랑과 유람, 길과 집, 어머니와 나 사이

아프도록 아름다운 형벌

그 겨울, 엄마에게선 생전 나지 않던 분내가 났다. 분통이란 것을 그때 처음 보았다. 분통 속의 뽀얀 가루를 후~, 불었다 된통 혼쭐이 났던 기억. 크고 나서야 분통을 남기고 간 이가 얼레빗이나 분통 등을 싸 들고 시골 마을을 다니는 봇짐장수임을 알았다. 길이 곧 삶이고 삶이 곧 길 위에 있었던 그들, 그들 삶의 이야기를 다시 만난 건 김주영의 소설 《객주》를 통해서였다. 《객주》는 길 위 보부상들의 삶을 걸출하게 담아낸 대하소설이다. 그래서 떠났다. 김주영의 고향이자 소설 《객주》와 《홍어》의 무대인 진보. 작가가 "내 소설의 뿌리가 박힌 곳"이라고 했던 진보, 그곳에서 유랑자들의 삶을 자신 또한 유랑자가 되어 글로 옮긴 김주영의 흔적들을 만났다. 그처럼 '떠돌이 삶'들의 이야기를 되짚으며 유랑하듯 진보를 유람했다. 닮은 듯 다른 두 단어 사이에서 만난 건 김주영, 그의 '형벌이자 선물 같은 삶'이었고 고단한 삶들의 억척스러움이었다.

길 위에서 치열한 작가, 김주영

길은 내 문학의 모체이자 삶의 스승

삶은 길을 따라 이어지고, 길은 그 삶을 다시 길로 이끈다. 때론 굽이지고 때론 뻗어나며 사람과 사람을 잇고, 공간과 공간을 잇는 게 길이다. 안동에서 청송으로 가는 고갯길, 가랫재에 섰다. 옛날 보부상들이 동해의 고등어를 안동으로 싣고 가던 길이다. 어쩌면 강구항(영덕)을 출발한 걸음이 해 질 녘 임동(안동)에 닿긴 전 보부상들이 마지막으로 등짐이며 봇짐을 내려놓고 쉬었을 길이다. 확인하지 않아도 충분히 거칠었을 그들의 숨소리, 가랫재는 그 삶의 소리가 흥건하게 배인 자리다. 말하자면 《객주》의 '떠돌이 주인공'들이 걸어 넘었을 '애환의 고개'이고, 소설가 김주영이 뒤이어 넘었을 '유랑의 길'이다.

그런 유랑의 길은 가랫재에서 '객주길'을 지나 꺾이듯 굽이지며 황장재를 지난다. 외씨버선길 세 번째 구간으로 조성된 '객주길'은 옛날 보부상들이 청송읍에서 진보장으로 등짐과 머릿짐을 지고 지나던 길이다. 지금은 곁으로 국도가 시원하게 뚫려있지만, 옛날에는 이 길을 통해 물산과 사람이 오갔다. 버겁고 팍팍한 그들의 걸음 위로는 계절도 쉴 새 없이 흘렀겠고, 눈비를 기어코 견디며 걸었던 흔적도 빼곡했을 테다. 오가는 걸음이 그리 쉽지 않았을 거라 짐작하는 건, 제법 고됐을 오르막길이 많아서다. 하지만 수많은 사람의 발길이 외롭게 닿았던 이 길도 이제는 유랑의 기억만 품은 채 고요히 계절을 지난다. 보부상이 떠난 자리, 그 빈터엔 늙은 소나무만 빽빽하고 인적 드문 길 위엔 들꽃만 무성하다.

문득, 수년 전 청송으로 가는 기차 안에서 김주영 작가가 했던 말이 떠올랐다. "제 소설은 '길 위의 문학'이라고 요약할 수 있습니다.《객주》를 비롯해 제 소설의 등장인물은 한곳에 머무르지 않아요. 뭔가 찾기 위해, 누군가를 만나기 위해 구도의 길을 떠납니다. 길은 내 문학의 모체이자 삶의 스승입니다."

　바람이 욕심껏 불어와 가을빛에 잠긴 옛길을 잠시 흔들다 갔다. 그래도 가을빛은 쉬이 잦아들지 않았다. 오히려 더 분분해질 뿐, 환해질 뿐, 아련해질 뿐. 가을날, 유랑자의 길은 그렇게 혼미해지도록 아름다운 계절과 잇닿아 있었다. 길은 닫혀 있는 법이 없다.

김주영 객주길 이정표

그 삶의 8할은 '풍찬노숙(風餐露宿)'

　길이 '유랑'의 상태라면 오일장은 보부상들에 있어 '유랑'의 결과다. 객주길이 가깝게 지나는 진보장(3일, 8일)은 그 옛날 영덕 해안과 청송·영양·안동의 내륙을 오가는 물산의 길목이었다. 김주영은 그의 소설 〈외촌장 기행〉의 직접적인 무대이기도 한 이곳에서 어린 시절을 보냈다. 배가 너무 고파 떨어진 감꽃을 주워 먹으며 자랄 때였다고 한다. 《객주》의 서문에서 작가는 "내가 살던 시골의 읍내 마을에서는 5일마다 한 번씩 저자가 열렸다. 내가 살던 집의 울타리 밖이 장터였고 울타리 안쪽은 우리 집 마당이었다. 그러나 그 울타리는 어느새 극성스러운 장돌림들에 의해 허물어지고 말

김주영 작가가 살던 진보 땅

깨알같이 메모한 육필 노트와 객주문학관 내부

았다. 그들은 우리 집 마당에서 유기전을 벌이기도 하였고, 드팀전을 벌이는가 하면 어물전을 벌이기도 하였다. 어릴 때부터 나는 땀냄새가 푹푹 배어나는 그들의 치열한 삶을 보아 왔다. 명색 작가가 되면서 나는 그 강렬했던 인생들을 어떤 방식으로든지 배설하지 않으면 안 된다는 강박감에 부대껴왔다.”고 술회하고 있다. 어린 시절 작가가 목도한 장꾼들의 치열한 삶과 우리 민중의 역동적인 생명력이 그에겐 평생을 두고 풀어야 할 화두였던 것이다. 실제로 그의 소설 중 상당수가 떠돌이에 대한 이야기이고, 그 또한 생의 절반 이상을 길 위에서 떠돌았다.

"한 달에 20일 이상 노트를 들고 장터를 쫓아다녔습니다. 시골에 있는 여인숙이나 여관에 머물며 글을 쓰기도 했고요.” 그는 《객주》를 연재하는 5여 년 동안 200여 곳의 장터를 답사하고, 200여 명의 취재원을 만났다고 한다. 그야말로 《객주》의 9할이 길 위의 풍상을 견디며 쓴 소설인 셈이다. 그의 이런 행보는 2014년에 개관한 객주문화관에서도 고스란히 드러난다. 소설가 이문구는 그가 장터를 돌아다니며 깨알같이 메모한 육필노트를 보고 '이것은 그의 피다. 피 흘리는 김주영의 모세혈관'이라고 말했다. 김주영의 소설을 쓰기 위한 현장 답사는 비단 《객주》에만 그치지 않는다. 그는 "단편소설을 써도 그 지역을 두서너 번씩 답사"한다는 말로, '길 위의 작가'임을 스스로 증명했다. 참으로 지독하고 치열한 생이다.

왈칵 쏟고 만 그 말, '엄마'

> 문득 차량들의 소음들이 블랙홀로 빨려 들어가 버린 것
> 처럼 뚝 끊겨져 버렸다. 소리의 파장들이 무언가에 뒤통
> 수를 얻어맞고 기절해버린 것처럼 형상은 바라보였으나
> 소리 그 자체는 들려오지 않았다. 요란했던 전화벨 소리
> 에 청각이 마비되어 버린 것일까. 어머니의 부음을 듣는
> 순간, 내가 왜 그런 착각에 빠진 것인지 알 수 없었다.
>
> 《잘 가요 엄마》 중에서

지난 2009년, 작가는 아흔넷의 노모를 잃었다. '두 번 결혼하고도
버림받은 것이 부끄러워' 오랜 시간 감추고 드러내지 않았던 어머니

〈외촌장 기행〉의 직접적 무대인 진보장 풍경

이고, 작가로 하여금 열다섯에 집을 나와 "도떼기시장 같은 세상을 방황하게 하였으며, 저주하게 하였고, 파렴치로 살게 하였으며, 쉴 새 없이 닥치는 공포에 떨게 만들었던" 어머니. 동시에 "지독한 가난과 외로움의 이유"였고, 작가의 말대로라면 "내 모든 억울함의 이유"이기도 했다.

그가 일흔세 살에 발표한 《잘 가요 엄마》는 어머니와 좀처럼 화해하지 못했던 아들, 김주영이 가까스로 털어놓은 속내다. 스스로 누추하다 말하는 가족사가 비교적 솔직하고 담담하게 드러나 수많은 독자의 눈시울이 뜨거웠다. 그는 사는 내 "나는 나를 방치한 어머니를 원망했다." 고백했고, 돌아가신 뒤에야 "이것이 내 인생에 굉장한 선물"임을 깨달았다 털어놨다. 어린 시절 가난과 외로움을 견디기 위해 홀로 몸부림쳤던 시간들이 소설을 쓰게 했고, "어머니가 간섭을 하지 않아 마음대로 자유를 누리며 상상력을 펴갈 수 있었다."는 것. 이쯤이면 그에게 가난과 '어머니의 방치'는 '형벌이자 선물'인 듯하다.

"주왕산을 가야 청송을 알지~." 객주문학관에서 우연히 만난 작가는 진보와 함께 주왕산과 송소고택도 찾아보길 권했다. 모두 낮은 마음일 때 자연이며 풍경과 제대로 소통할 수 있는 공간들이다. 길 위의 인생에 대한 애착과 연민을 품은 작가다운 권함이다. 훤칠한 키에 서글서글한 표정으로 작가는 "마지막 문장을 쓰는 그 날까지 길 위의 이야기꾼이고 싶다."고 말했다. 그의 삶에서 길은 아마도 유랑과 유람, 길과 집, '어머니와 그' 사이쯤 어디에 아프게 있는 것일지도 모르겠다.

진보엔 작가가 태어난 월전리 생가와 유년기를 보낸 진보장터 인근의 진안리 생가 두 곳이 남아 있다. 31번 국도변에 있는 월전리 생가는 작가의 외갓집으로, 진안리에 살던 그가 자주 놀러 다녔던 곳이다. 1984년에 발표한 소설 《천둥소리》의 주요 무대로, 현재 이곳엔 다른 이들이 거주하고 있다.

진안리 생가는 작가의 삶에서 아주 특별한 곳이다. 《홍어》와 《고기잡이는 갈대를 꺾지 않는다》 등 자전적 소설의 무대가 됐다. 너무 배가 고파 떨어진 감꽃을 주워 먹으며 자랄 때이고, 모든 게 억울했던 시절의 이야기다.

〈외촌장 기행〉의 직접적 무대인 진보장터 또한 작가에게는 귀중한 문학적 자산이다. 작가는 자주 진보장에 대한 기억을 털어놓는다. "내가요, 장날만 되면 그렇게 궁금한 게 많아서 결석을 했어요. 배가 아프다 하고 장터에 간 거지. 그러다보니 나중에는 장날이 되니 진짜 배가 아프더라고." 진보장날은 끝자리가 3일과 8일인 날이다. 예전처럼 흥성거리진 않지만, 시골장 특유의 소소한 정취는 남아 있다. 현재 청송군에서 진보장터와 작가의 진안리 생가를 소설 속 원형대로 복원하는 객주테마타운을 조성 중에 있다.

작가와 관련한 또 다른 주요 공간은 '객주문학관'(www.gaekju.com, 054-873-8011, 매주 월요일 휴관)과 '김주영 객주길'이다. 진보읍내에서 500m 정도 떨어진 곳에 있는 문학관은 폐교를 리모델링해 지은 곳으로, 작가 김주영과 그의 작품들에 대한 다양한 이야기를 만날 수 있다. 외씨버선길(www.beosun.com) 제3구간인 '김주영 객주길'은 등짐에 한 생애를 맡겼던 이들의 애환과 작가의 유년시절 그리고 그의 이야기가 담긴 소설들을 생각하며 걷는 길이다.

이밖에 진보면내를 둘러 흐르는 반변천과 진보초등학교, 진보옹기체험관 등에도 작가의 추억이 가득하다.

다른 작가를 엿보다

김주영에게 고향인 진보는 그저 좋기만 한 곳은 아닌 듯하다. 가난하고 외로운 시절의 터니 그럴 만도 하다. 하지만 오래전에 이 땅을 살다간 퇴계에게는 조금 달랐나 보다. 퇴계 이황은 고향인 진보를, 「무릉도원에 들어가는 듯한 여기가 내 고향, 맑은 냇물과 붉은 절벽이 금당에 비치었네.」라고 노래했다. 심지어는 원했던 청송부사 대신 단양군수로 부임하게 되자, 그에 대한 아쉬움을 「푸른 솔에 흰 학은 비록 연분이 없으나/파란 물과 붉은 산은 과연 인연이 있구나.」(퇴계 이황, 〈청송백학시〉 전문)란 시를 지어 달랠 만큼 사랑했던 듯하다.

여행을 맛보다

약수에 한약재를 넣어 고아낸 닭백숙과 닭고기 살을 고추장 양념에 버무려 숯불에 구워내는 닭 불고기, 제철 산채로 상을 차린 정식이 청송의 별미다. 이 중 여행객들이 빼놓지 않고 맛보는 음식이 달기약수(청송읍)와 신촌약수(진보면)로 끓인 닭백숙이다. 신촌약수탕 부근의 만바우촌(054-872-2263)과 달기약수탕 주변의 부산식당(054-873-2078)이 유명하다.

굽이쳐 흐르는 낙동강 가에서

이야기를 낚는 사내

|

#성석제 #경상북도 #상주시

성석제는 1960년 경상북도 상주에서 태어났다. 자신에게 농부 유전자가 있어 그런지 매일 쉬지 않고 조금씩이라도 글을 쓴다는 그는 '타고난 이야기꾼', '재담가'로 불리는 부지런한 다작 작가이다. 글을 잘 쓰는 비결에 대해 "글은 쓰는 게 아니라 고치는 것이다. 나는 수없이 자주, 많이 문장을 고친다."고 말했다.

1994년 소설집 《그곳에는 어처구니들이 산다》를 발표하며 그의 소설인생이 시작됐다. 《한국일보》 문학상 등 다수의 문학상을 받았으며, 장편소설인 《인간의 힘》을 비롯해 소설집 《재미나는 인생》, 산문집 《즐겁게 춤을 추다가》 등 많은 작품을 발표했다. 작가가 자신의 '몸과 마음과 운명을 결정지은 곳'이라고 표현하는 상주는 그의 많은 작품에서 중요한 배경으로 등장한다.

굽이쳐 흐르는 낙동강 가에서

이야기를 낚는 사내

일바위는 다이빙대로 딱 이었다. 개구쟁이들은 낙동강으로 흘러드는 북천의 일바위에서 뛰어내리며 담력을 자랑했다. 그 패거리는 때론 경북선 철로로 내달렸다. 기차가 올 때까지 철로 위에서 기다리다, 기차가 코앞에 왔을 때 뛰어내렸다. 그중 한 아이가 자라 이야기꾼이 됐다. 소설가가 된 성석제는 어린 시절 13년간 살았던 상주에서 산천을 뛰어다니며 쌓은 온갖 경험 위에, 인간 군상의 이야기를 차곡차곡 쌓아 올려 흥미진진하게 펼쳐놓았다. 재담가 성석제의 마르지 않는 이야기의 샘, 상주를 찾았다.

사람 중독자가 그려낸 사람 이야기

　전깃불도 들어오지 않던 산골마을 상주에선 TV를 볼 수 없는 게 당연했다. 마을 사람들은 모여 이야기하기를 즐겼고 이야깃거리는 항상 넘쳤다. 어린 책벌레 성석제는 아버지 친구가 운영하던 무협지 대본소에 있던 무협지를 통달하다시피 했다. 그의 머릿속에 자리 잡은 수만 가지 이야기가 그때부터 이미 소설의 싹을 틔웠는지 모른다.

　성석제의 작품에는 《이 인간이 정말》, 《인간의 힘》, 《투명인간》, 〈잃어버린 인간〉, 《재미나는 인생》처럼 제목에서 '인간', '인생'이라는 말을 대할 수 있는 게 많다. 그는 "제가 워낙 사람이나 사람 사이에 벌어지는 일에 관심이 많고 거의 중독되어 있기 때문에 그런 것 같습니다."고 한 적 있다. 삼라만상 중에 가장 높고 귀한 게 사람이라 생각하는 그이기에, 그는 작품 속 인물들이 바보스럽거나 시시껄렁하거나 깡패일지라도 흠잡거나 미워할 수 없는 소중한 존재로 그린다.

　《조동관 약전》의 주인공 동관이도 그렇다. 역시 소중한 존재이기는 마찬가지다. 어려서부터 온갖 개망나니 짓에다 마구잡이 행패로 깡패의 명성을 쌓아온 작자가 동관이다. '똥깐'이라는 별명으로 불리며 상주시 은척면에선 모르는 사람이 없는 악명 높은 인물이다. 어느 날, 그는 새로 부임한 경찰서장을 욕보인 일이 크게 번져 경찰에 쫓기는 몸이 된다. 남산으로 숨어든 똥깐이는 자수를 거부하고 경찰과 대치하던 중 얼어 죽는다. 그런데 이상하다. 그에게 괴롭힘당하던 동네 사람들이 후련해하기는커녕 오히려 경찰을 욕하고 똥깐이를 동정하며, 그를 영웅시하기까지 한다. 「어쨋든 은척에서 태어나 은척에서 살다가 은척에서 죽을 사람들은 모두 한패였다. 아무것도 이해 못 한 사람은 은척에서 나지 않았고 은척에서 살아본 적도 없으며 은척에서 죽을 리도 없는 신임 경찰서장이었다.」《조동관 약전》중에서) 비록 망나니일망정 동네 사람들에게 그는 미운 정 고운 정 다 든 한마을의 일원이었던 거다. 고개가 끄덕여진다.

가을의 가운데를 지나는 은척에 노오란 햇볕이 따스하게 휘감아 돌고 있다. 똥깐이의 아지트였을 다방 앞엔 농부들이 타고 온 트랙터가 줄지어 있고, 경찰서장이 내동댕이쳐졌던 마을 앞 도랑

잘 말라가고 있는 상주 곶감

의 도랑물도 여전히 재잘거리며 흐른다. 오토바이를 타고 은척 일대를 주름잡던 똥깐이를 닮은 젊은이를 찾았으나, 앞으로 달려가는 오토바이의 주인공은 대개 노인이다. 젊은이들이 떠나자 활기도 함께 사라진 조용한 시골 마을에 개 짖는 소리만 유난히 크게 들린다.

마을 안으로 깊숙이 드리워진 가을볕을 따라 걷는다. 앞마당에 널어놓은 나락은 꼬들꼬들 잘 말라가고, 황토담에 기대 놓은 빠알간 고추를 바라보는 할아버지의 미소는 청명한 하늘로 날아간다. 오가는 사람들 쉬어가라고 누군가 집 앞에 여러 개 내놓은 의자가 눈에 띈다. 온 마을 소식이 이 의자 위를 오갔으리라. 때론 떠들썩했을 의자 위에 나른한 가을 햇살만 들어와 앉아있다.

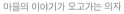
마을의 이야기가 오고가는 의자

내 옆의 투명인간

소설《투명인간》의 주인공 만수는 상주 두메산골 가난하고 형제 많은 집의 둘째 아들로 태어나 위·아래로 치이기만 하는 천덕꾸러기였다. 베트남전에 참전했던 형이 죽자, 그가 집안의 가장이 된다. 평생 자신을 희생했으나 누구 하나 알아주는 이 없이 가슴에 상처만 남은 그는 투명인간이 된다.

작가의 다른 소설 〈황만근은 이렇게 말했다〉의 순진무구한 주인공 농부 황만근도 만수처럼 '자신의 존재감이 사라질 정도로 희생하며 산 사람'이다. 가족에게만 아닌 마을 공동체 일에도 자신을 바쳐 희생했지만, 사람들은 그를 있으나 마나 한 투명인간처럼 취

마을 게시판

급했다. '농가부채탕감촉구 농민총궐기대회'에 다른 사람들은 모두 차를 타고 갔지만, 반드시 경운기를 타고 오라는 규정대로 혼자서만 경운기를 타고 갔던 황만근. 그는 경운기가 논두렁에 빠져 밤을 지새우다 얼어 죽는다. 남을 먼저 배려하고 원칙대로 살았으나 해피엔딩이 되지 못하는 인간사가 씁쓸하다.

〈황만근은 이렇게 말했다〉의 배경지인 공검면의 공검지는 우리나라 최초의 인공저수지이다. 연잎으로 가득 메워진 공검지 앞에 '공갈 못 옛터'란 비석이 없으면 그냥 지나칠 듯 평범하다. 성석제는 이 마을에 들어와 1년에 쌀 몇 말을 내고 집을 빌려 살며 소설 《왕을 찾아서》를 썼다. 〈본래면목〉, 〈낚다, 섞다, 낚이다, 엮이다〉의 배경지도 이 마을이다. '농경문화의 발상지'란 표지석이 자랑스레 서 있는 마을 앞길을 한 노인이 경운기를 몰고 지나간다. 황만근도 저 노인처럼 경운기를 타고 마을 앞길을 지나간 후, 다시 돌아오지 못했다. 부디 현실에서는, 평범하고 순수하게 원칙대로 살아가는 모든 이의 결말이 해피엔딩이기를.

고향, 마음의 보석상자

성석제의 작품 중 절반 이상이 상주를 직·간접적인 배경으로 하고 있을 정도로 그에게 있어 고향 상주는 이야깃거리가 가득 담긴 보석상자다. 그는 "고향에 거주했던 것보다 고향을 떠나 산 것이 그 몇 배인데도 나는 고향이라는 곳에서 '이유(젖떼기)'를 못한 듯한 느낌이다." 라고 말했다. 낙동강은 영남의 역사, 나아가 한반도 생성의 역사와 그 궤가 맞물린다. 상주는 그런 낙동강의 원류지다. 오랜 역사만큼이나 곳곳에 얼마나 많은 이야기들이 쌓여 있을지 짐작이 가고도 남는다.

소설 〈저기가 도남이다〉는 작가가 낙동강이 한눈에 내려다보이는 경천대 전망대에 올랐다가, 한 노인이 '계곡물에 떠내려간 소를 도남에서 건져낸 일'에 대해서 이야기하는 것을 우연히 듣고 쓰게 된 작품이다. 그래서 그는 "상주에서는 이야기가 가공할 것도 없이 거저 얻어지기도 합니다. 돌을 주웠는데 다이아몬드 원석인 경우가 많아요." 라고 얘기한 적이 있다. 그는 고향산천을 돌아다니며 길에서 이야기를 줍고 강에서 이야기를 낚는다. 작품의 소재가 다양할 수밖에 없는 이유다.

가을의 상주에선 유독 감나무가 눈에 많이 띈다. 가로수마저 감나무다. 도남서원 한쪽 마루에 걸터앉아 감나무 사이로 펼쳐진 강을 바라본다. 작가 성석제에게 영감을 듬뿍 안겨다준 낙동강이 소리 없이 흐르고 있다.

자전거를 타고 논일을 하러 나가는 농부

경상도(慶尙道)라는 지명은 경주(慶州)와 상주(尙州)의 앞글자를 따 온 것이다. 낙동강은 상주의 옛 지명 '상락(上洛)'의 동쪽에 있는 강이란 뜻일 정도로, 상주는 경상의 중심지였다. 오래된 역사만큼 이야깃거리가 넘치는 상주 곳곳에 성석제 소설의 발자국이 찍혔다. 임란북천전적지의 '침천정'은 〈환한 하루의 어느 한때〉, 오봉산 아래 '이안천'은 《인간의 힘》, 낙동강으로 흘러드는 '북천'은 〈피서지에서 생긴 일〉, 남장사 고갯길의 '중궁암'은 〈여행〉, 공검지는 《왕을 찾아서》, 도남서원은 〈저기가 도남이다〉의 배경지다. 그래서 작가는 상주를 일컬어 '명작의 고향'이라고 농했다. 상주시 종합버스터미널을 시작점으로 연원동 버스정류장까지 약 13km(터미널→임란북천 전적지→북천→흥암서원→상주 자전거박물관→남장사→연원동 버스 정류장)를 걸으며 성석제 문학의 흔적을 따라가 보는 것도 재미있다. 우리나라 유일의 자전거박물관에서 자전거를 빌려 타고 주위를 한 바퀴 둘러보는 것도 좋겠다. 경천대에 올라 굽이쳐 흐르는 낙동강 뒤로 산과 들이 어우러진 동양화 한 폭을 보고 있자니, 이 고장에 눌러 살고 싶은 생각마저 든다.

가을의 상주에서
제일 눈에 많이 띄는 감나무

상주에서 태어나 유년을 그곳에서 보낸 소설가 김하인은 가난한 농사꾼으로 평생 억척스럽게 일만 하다 돌아가신 어머니에 대한 애틋한 정을 그렸다. 「엄마, 엄마는 내게 있어 골곰짠지고 된장찌개고 시레기국에 손으로 쭉쭉 찢어먹는 김치 같은 거였어. (중략) 엄마만 생각하면 난 여전히 배가 고파.」(산문집 《엄마는 예뻤다》 중에서) 일종의 무말랭이 김치라 할 수 있는 골곰짠지는 성석제도 엄지를 치켜든 상주의 음식이다. 세상 모든 자식에게 어머니는 정겨운 음식과 등호로 연결되는 존재인가 보다.

속리산 아래에 자리한 화북면의 남이식당(054-534-1175)은 주인장이 산에서 직접 따온 자연산 버섯으로 전골을 끓여 내오는데, 그 맛이 일품이다. 시골 마을을 여기저기 둘러보다 사벌면 매협묵집(054-534-4251)에 들러 자극적이지 않은 경상도식 묵밥을 맛보는 것도 좋고, 영남 제일로에 자리한 명실 상감 한우(054-531-9911)에서는 갈비탕이나 쇠고기 버섯전골을 맛볼 수 있다.

묵밥

시대의 민낯을 직시하며

뒤틀린 세상을 깨우는 사자후

|

#김정한 #부산광역시 #금정구 #남산동 #요산문학관

김정한은 1908년 부산시 동래군 북면 남산리에서 태어났다. 대원보통학교에서 교원으로 일하던 중, 조선인에 대한 차별에 분노하여 조선인교원동맹을 조직하려 했으나 일제에 검거되고 만다. 1940년 한국어교육이 금지되자 교직에서 물러나 《동아일보》 동래지국장으로 활동했는데, 이를 빌미로 일본 경찰에 잡혀 들어가고 동아일보 강제 폐간을 겪는 등 극심한 탄압을 받아 절필하기에 이른다. 건국준비위원회, 《민주신보》 논설위원, 부산대학교 조교수를 거치며 교직과 언론계에서 두루 활동하여 시대의 그림자에 당당히 맞서는 진정한 지식인의 삶을 살다, 1996년 89세로 삶을 마감했다.

1936년 악덕지주와 친일승려들의 수탈에 허덕이는 소작인들의 삶을 그린 〈사하촌〉이 《조선일보》 신춘문예에 당선되며 김정한은 정식 등단했다. 절필 이후 1966년 단편소설 〈모래톱 이야기〉를 발표하며 중앙문단에 복귀했고, 이후 낙동강변의 순박하고 무지한 시골사람들을 주인공으로 삼아 핍박당하는 농촌현실을 폭로하려 노력했다. 〈인간단지〉를 통해 박정희 정권의 무리한 근대화정책 강행으로 희생당하는 민중의 실상을 고발하는가 하면, 〈오키나와에서 온 편지〉를 통해 일본군위안부 문제를 폭로하기도 했다. 가난한 농민들의 삶에서 민중에 잠재된 건강한 가능성을 찾아낸 문인으로 평가받고 있다.

시대의 민낯을 직시하며

뒤틀린 세상을 깨우는 사자후

사람 사는 냄새를 찾아 부산 남산동에 들렀다. 구불텅하게 이어진 골목길은 끝을 모를 오르막이기만 했다. 쉴 곳을 찾아든 건 아니었지만, 거칠어지는 호흡을 견디기 버거웠다. 걸음을 재촉하며 지난하게 견디던 찰나, 문득 낯선 모퉁이에서 추억을 느낀 것은 착각일는지. 언제고 새로운 길은, 길과 길이 거칠게 얽히는 곳에서 시작되었다. 유년의 순수와 황량한 현실이 공존하는 그곳에서 소설가 김정한의 흔적을 찾았다.

성역 없는 고발자

> 타작마당 돌가루 바닥같이 딱딱하게 말라붙은 뜰 한가
> 운데, 어디서 기어들었는지 난데없는 지렁이가 한 마리
> 만신에, 흙고물 칠을 해가지고 바둥바둥 굴고 있다. 새까
> 만 개미 떼가 물어 뗄 때마다 지렁이는 한층 더 모질게
> 발버둥질을 한다.
>
> 〈사하촌〉 중에서

서러운 시대였다. 돌이켜보면 그렇지 않은 세월은 없었지만, 그
럼에도 참 아픈 시대였다. 총칼이 아니라 붓과 연필을 쥔 이들조차
그 끝을 누구에게 겨눠야 하는지 종잡지 못하던 때, 김정한의 펜
끝은 민중을 물어뜯는 세력에 오롯이 맞혀져 있었다. 일제강점기
를 눈 먼 듯 참아내기에, 그는 너무 강직한 사내였다. 엄혹한 삶을
딛고 살아남기 위해 발버둥 치는 민중의 존재가 그에게는 목숨을
걸고서라도 지켜야만 하는 간절한 무엇이었으리라.

> "여보, 그런 말은 이런 데서 하는 법이 아니오. 괜히 남
> 술맛 떨어지게!" 곁에 앉은 중 하나가 뒤를 따라 핀잔
> 을 하는 바람에 화가 더 치밀었으나, 진수의 권하는 말
> 에 치삼노인은 다행히(!) 무사하게 밖으로 나왔다. 그러
> 나 "허 참 복 받겠다고 멀쩡한 자기 논 시주해놓고 저런
> 설움을 받다니 온!" 하는 젊은 사람들의 말도 들은 체 만

체, 뼈만 남아 왈왈 떨리는 다리를 끌고 자기 집으로 돌
아갔다.

<〈사하촌〉 중에서>

　김정한이 〈사하촌〉을 통해 부처의 이름 뒤에 숨은 착취의 민낯
을 까발렸을 때, 각지의 친일 승려들은 그를 때려잡겠다며 살기등
등하게 모여들었다. 실제 그들에게 잡혀 몰매를 맞은 것은 물론, 그
의 신춘문예 상금마저 죄다 치료비로 탕진해야 했던 것은 문학계
에서 유명한 일화이다.

　당시 그가 몸을 숨겼던 남산동 생가에서 머지않은 곳에는 그의
모교인 '명정학교'가 자리하고 있었다. 명정학교는 3·1운동과 조
선어학회 사건으로 두 번이나 폐교를 겪었을 만큼 민족정신이 빛
나는 학교인데, 천 년 사찰로 명망 높은 '범어사'의 경내에 터를 마
련한 상태였다. 주목할 점은 〈사하촌〉에서 악의 축으로 묘사된 '보
광사'의 모티브가 '범어사'라는 것이다. 절 아랫마을에서 자란 김
정한이 유년부터 품었을 풋풋한 저항 정신에 성역은 없었다. 세월
의 더께를 짊어진 채 범어사는 오늘도 무던히 잠잠하다.

침묵할 수 없는 지금

　김정한은 약자의 고통을 외면하는 방법을 몰랐다. 타인의 슬픔과 핍박을 마주할 때마다, 조건 반사처럼 이기지 못할 것을 향해 투지를 불살랐다. 그의 모든 순간은 저항을 향한 꺾지 못할 의지가 이끌었을 터다.

> 이십 년이 넘도록 내처 붓을 꺾어 오던 내가 새삼 이런 글을 끼적거리게 된 건 별안간 무슨 기발한 생각이 떠올라서가 아니다. 오랫동안 교원 노릇을 해 오던 탓으로 우연히 알게 된 한 소년과, 그의 젊은 홀어머니, 할아버지, 그리고 그들이 살아오던 낙동강 하류의 어떤 외진 모래톱 ─ 이들에 관한 그 기막힌 사연들조차, 마치 지나가는 남의 땅 이야기나 아득한 옛날 이야기처럼 세상에서 버려져 있는 데 대해서 까지는 차마 묵묵할 도리가 없었기 때문이다.
>
> 　　　　　　　　　　　　　　　〈모래톱 이야기〉 중에서

　25년 이상 절필했던 그를 중앙 문단으로 돌아오게 한 것은 문인으로서의 욕구가 아니었다. 살아남기 위해 죽을 모험을 무릅써야 하는 이들에 대한 연민이 그를 침묵할 수 없게 부추겼다. 그에게 역사란, 과거의 일로 묻어버릴 수 없는 살아 숨 쉬는 지금이었고, 힘 있는 무리에 대한 노기 어린 고발이었다.

그저 분해하고 낙담할 수만 없었다. 분할수록 보복을 해
야겠다는 마음이 불같이 일어났다. 몸은 비록 완전한 편
은 아니었지만, 마음은 결코 병들어 있지 않았다. 정신은
오히려 성한 사람들보다 건전하다고 자부를 했다. 살아
있었다. 그러기에 그들은 불의에 굴복하든가 방관하지
않았던 것이다.

〈인간단지〉 중에서

〈모래톱 이야기〉의 주인공 건우는 학교를 가려면 나룻배를 타
야 하는 '나릿배 통학생'이었다. 등교만 두어 시간에 비라도 오는
날이면 하릴없이 쫄딱 젖은 몸으로 친구들 앞에 나타나야 했던 소
년. 6·25에 아버지를 잃은 소년은 유력자들이 주도하는 개발 정책
에 갸륵한 삶의 터전인 모래섬과 할아버지마저 잃을 위기에 처했
다. '법과 유력자의 배짱과 선량한 다수의 목숨' 사이에 벌어지는
줄다리기. 안타깝지만 결과는 뻔했다.

건우네 가족이 그토록 지키려 애썼던 조마이 섬의 현재 이름은
철새도래지로 유명한 '을숙도'이다. 철 따라 새들이 모여 제 식구
를 키워내는 그곳에는 더 이상 사람이 살지 않는다.

「이 개 같은 놈들아, 사람의 목숨이 중하냐, 네놈들의 욕심이
중하냐?」고 외치던 갈밭새 영감의 일갈은, 생을 번뇌하던 김정한
의 피맺힌 절규가 아닐는지.

그래도 선거 때가 되면 소속 육지에서 똑딱선을 가지고 섬 백성을 모시러 오는 알뜰한 정당이 있어, 이들은 다만 그 배로 실려 가서 실상 자기네 실생활과는 무연한 정치를 위하여 지정해주는 기호 밑에 도장을 찍어주고 그 배에 실려 돌아온다는 것입니다. (중략) 조국의 사랑이라곤 받아본 일이 없이 헐벗고 배우지 못한 그들의 아들들이 먼저 조국을 수호해야 할 책임을 지고, 훈련을 받고, 총을 메고 군인이 되어 갔다는 것……

〈모래톱 이야기〉 중에서

을숙도 가는 길

미약한 발걸음이 모여

〈모래톱 이야기〉의 '갈밭새 영감'은 조마이 섬을 구하지 못했다. 하지만 〈사하촌〉의 '들깨' 곁에는 '또쭐이'가 있고, '철한이'와 '봉구'가 있으며, 새카맣게 그들의 뒤를 잇는 아낙과 아이들이 있었다. 〈사하촌〉의 생략된 결말이 해피엔딩인지는 알 수 없다. 절 아랫마을은 과연 구원받았을까. 어쩌면 철없는 아이들의 말처럼 절에 불을 지르는 비극이 일어났을지도 모른다. 다만 확실한 것은 지금 또 다른 '사하촌'을 살아가는 우리의 곁에서 들깨는 혼자가 아니라는 것이다. 내일의 또쭐이가, 철한이와 봉구가. 그리고 철

없는 아이와 아낙들이 그의 뒤를 이을 것이다. 미약한 촛불이 모여 뜨거운 등불을 이룬다는 것을 알기 때문이다.

"만약 몸만 성하다면 더럽은 놈의 세상을 한번 싸악……. 나이도 나이고 몸도 이러고 보니, 이왕 죽을 바엔, 또 어떤 도둑놈들의 무슨 단지가 댈지도 모르는 땅이니, 인간단지라도 맨들어보고 죽을라네. 안 대면 내 목숨하고 바꿔서라도……."

〈인간단지〉 중에서

범어사의 밤

부산 지하철 1호선의 끝자락 '범어사' 역에서 걸어 올라가면 오래지 않아 '요산문학관'에 도착한다. 그곳에 작가의 유품과 친필 원고가 보존되어 있고, 그의 소설에 등장하는 주요 무대가 생생한 사진으로 남아 있다. 손수 쓴 낱말 카드 뭉치에서 엿볼 수 있는 노력의 흔적은 일견 감동적이기까지 하다. '요산문학관'은 지상 3층으로 이루어진 현대식 건물로, 한 울타리에 있는 작가의 고풍스러운 생가와 어우러져 묘한 매력을 발산한다. 그가 살던 시절에는 〈사하촌〉 들깨네 마을처럼 거기서 내려다보이는 동리가 모두 논밭이었다고 한다. 지금의 남산동 풍경은 그때와 다르지만 대신 아기자기한 벽화와 지도에서 그를 기억하는 후손들의 애정을 느낄 수 있다.

문학관에서 약 2km 이동하면 '범어사'에 도착한다. 신라 문무왕 대에 의상 대사가 창건한 절로, 천 년을 훌쩍 견딘 사찰답게 남달리 맑고 고즈넉한 분위기가 풍긴다. 작가가 뛰놀던 유년의 뜰이 이곳인 셈이다.

상황이 허락한다면 금정구를 벗어나 부산 사하구로 이동해보자. 〈모래톱 이야기〉의 배경인 '조마이 섬'은 철새도래지로 유명한 지금의 '을숙도'이다. 울창한 갈대숲에서 새끼를 돌보는 철새 떼의 모습에서, 이제는 흔적도 찾아볼 수 없는 조마이 섬사람들이 쓸쓸히 겹쳐 보인다.

부산의 문학을 엿볼 수 있는 세 곳을 꼽으라면, 단연 요산문학관과 추리문학관, 이주홍문학관이다. 이 중 '추리문학관'은 부산의 얼굴인 해운대에서 만날 수 있어, 접근성이 좋다. 추리소설뿐 아니라 다수의 일반 도서를 소장하고 있으며, 추리 여행이나 소설 창작 교실 등 각종 문화행사를 개최하기도 한다. 〈여명의 눈동자〉를 집필한 추리문학의 대가 김성종 사재를 털어 우리나라 추리문학의 보급과 발전을 위해 설립했다고 한다. 운이 좋다면 집필하는 작가의 모습을 목격할 수도 있다.

남산동은 그야말로 조용한 주택가이다. 오래된 절을 품은 금정산 아랫자락에 있다는 것도 한몫했을 터다. 그런 곳에 책가방 맨 꼬마부터 퇴근길 청년까지 온종일 손님이 끊이지 않는 맛집이 있다. 범어사 소문난 떡볶이(051-515-6224)이다. 떡볶이가 셀프라는 점이 특이한데, 원하는 만큼 그릇에 옮겨 먹으면 된다. 단돈 천 원에 속을 따끈히 덥힐 수 있다.

공포의 자주색이던

땅속 씨앗의 시절

|

#최명희 #전라북도 #남원시

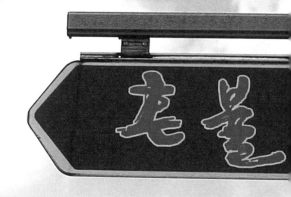

작가소개

최명희는 1947년 전라북도 전주에서 태어났다. 고교시절 천재문사로 불리던 그녀였지만, 아버지의 급작스러운 죽음과 어려워진 가정환경으로 대학진학을 미루게 된다. 이때의 혼란과 방황, 배움에 대한 의지는 훗날 그가 소설가로 성공할 수 있게 했다. 그녀는 우리말에 깃든 우리 혼을 복원해 1만2천 장에 달하는 원고지에 육필로 쓰며 쉼표 하나, 마침표 하나에까지 우리 역사를 조각하듯 써내려갔다. '모국어가 살아야 민족이 산다.'라고 민족혼을 일깨우던 그녀는 1998년 12월 '아름다운 세상 잘 살고 갑니다.'라는 말을 남기고 생을 마감했다.

작품소개

1980년《중앙일보》신춘문예에 단편소설〈쓰러지는 빛〉이 당선돼 등단했다. 그녀는 원고를 쓸 때면 손가락으로 바위를 뚫어 글씨를 새기는 것만 같은 생각이 든다고 했다. '언어는 정신의 지문(指紋)이다. 나의 넋이 찍히는 그 무늬를 어찌 함부로 할 수 있겠는가.'라는 심정으로 작품을 썼다.《혼불》을 제외하고 단편소설〈쓰러지는 빛〉,〈만종〉,〈예별〉, 장편소설《제망매가》등 28편의 소설과〈그대 그리운이여〉,〈계절과 먼지들〉등 146편의 수필과 꽁트 20편 등 총 195편의 작품을 남겼다.

공포의 자주색이던

땅속 씨앗의 시절

최명희는 17년 동안 생애의 모든 열정을 쏟아 소설 《혼불》을
집필했다. 무엇이 그토록 긴 세월을 《혼불》에 매달리게 했을까?
'혼불'이라는 말은 국어사전에 없던 말이다. 그러나 실제로 '혼불'
을 보았다는 사람은 많다. 작가는 '혼불'을 목숨의 불, 정신의 불,
삶의 불이라 생각했다. 사람을 사람답게 하는 힘의 불이며, 존재의
핵이 되는 불꽃이라고도 했다.

최명희는 어려서부터 마음속에 '근원에 대한 그리움'을 간직했다. 1960, 1970년대 젊음의 시절엔 오동나무를 닮고 싶어 했다.

> 얼마나 아름다운 자태를 가졌으면 저토록 아름다운 그림자를 드리울 수 있을까
>
> 수필 〈오동나무 그림자처럼〉 중에서

늦가을 눈부시게 빛나던 달빛 아래 겨울 모진 한파를 이기고, 봄날의 찬란함과 여름의 푸름을 견뎌낸 뒤 마지막을 전하는 오동나무 그림자를 잊을 수 없다던 그녀. 작가는 나무처럼 충실하게 임무를 마쳤을 때, 신비스럽고 아름다운 그림자로 남고 싶어 했다. 그런 그녀에게도 '땅속 씨앗의 시절'이 있었다. 고교시절 그는 '공포의 자주색'(당시 기전여고 교복이 자주색이었다)이라는 별명을 얻었다. 청소년 문사들이 모이는 전국단위의 백일장과 문학 콩쿠르에서 장원을 독식하다시피 했기 때문이다. 당시 수상작 중 수필 〈우체부〉는 작품성을 인정받아 1968년부터 1981년까지 고등학교 작문 교과서에 예문으로 실렸다. 그러나 부친의 급작스러운 작고와 더불어 시작된 좌절과 방황의 시간. 2년여의 공백기를 거쳐 대학 입학 후, 졸업과 동시에 모교에 국어교사로 부임한다. 이후 1980년까지 국어교사로 지내던 9년의 시기를 그녀는 '땅속 씨앗의 시절'이라 말한다. 이 시기에 그녀는 글이 너무 쓰고 싶었지만, 그게 잘 안 되었다고 한다.

남원 노봉마을《혼불》 배경지

'꽃심'으로 피어나

삶을 감당하기 어려웠던 그 시절. 그녀는 안 써진다고 쓰지 않은 것이 아니었다. 일기와 편지, 단편소설과 수필 등으로 써지지 않는 글을 쓰며 꾸준히 습작했다. 결국, 한국의 혼을 일깨우는《혼불》을 집필하게 되는 '꽃심'으로 피어나게 되었다. '수난을 꿋꿋하게 이겨내는 아름다움엔 생명력이 있으며, 그 힘이 '꽃심'이다.'는 그녀의 말처럼. 최명희는 다양한 작품세계를 보여준다. 특히 〈쓰러지는 빛〉, 〈이웃집 여자〉 등 26편의 단편소설에선 예술과 삶의 본질을 찾아가는 과정을 주로 다룬다. 그런 과정에 '지방어'에 대한 애착이 두드러진다. 특히 전라도 말에 대단한 자부심을 가지며 「내가 태어난 이 땅 전라도는 그 꽃심이 있는 생명의 땅이다」라고 말한다. 이는《혼불》의 정서적 모태가 된다. 〈어둠. 내 목숨의 밤〉, 〈소살소살 돌아온 봄의 강물이여〉 등 전 생애에 걸쳐 발표된 수필을 통해 성숙한 주제의식과 소재를 의미화하는 기법으로 잔잔한 감동을 전해주고 있다.

> 최명희의 문학세계는 '가장 깊은 어둠에 닿는 것은 가장 높은 빛에 닿는 길'을 알아가는 과정이다. 어둠과 빛의 공존을 수직적 상상력, 그 속에 최명희의 문학이 있고 삶이 있었다.
>
> 　김용재 전주교대 교수, 〈어둠. 내 목숨의 밤〉 후기에서

1, 2, 3 최명희문학관

말의 씨를 새겨

　원고지 1만2천 장 분량의 대하소설《혼불》은 1930년대 남원 매안 이 씨 집안 종부(宗婦) 3대의 이야기다. 청상의 몸으로 전통사회의 양반가로서 부덕을 지키려는 자와, 치열하게 생을 부지하는 하층민 '거멍굴 사람들'의 삶의 애환을 그린 작품이다. 그녀가 끊임없이《혼불》을 쓴 이유는 근원에 대한 그리움, '나'를 있게 한 최초의 조상들의 삶이 궁금해서였다고 한다.

> 언어는 정신의 지문이고 모국어는 모국의 혼이기 때문에 제가 오랜 세월 써오고 있는 소설《혼불》에다가 시대의 물살에 떠내려가는 쭉쟁이가 아니라 진정한 불빛 같은 알맹이를 담고 있는 말의 씨를 심고 싶었습니다
>
> 호암상 수상 소감 중에서

　마치 한 사람의 하수인처럼, 밤마다 밤을 새우며, 한 번도 본 일이 없는 사람들의 넋이 들려, 그들이 시키는 대로 말하고, 가라는 대로 내달렸다. 그것은 휘몰이 같았다라고 회상했다.《혼불》에는 전라북도 곳곳에서 들려오는 독특한 말들이 가슴 절절히 스며있다.《혼불》이 소설가 이청준의 말처럼 '찬란하도록 아름다운 소설'로 1990년대 한국문학사 최고의 작품으로 인정받는 이유는, 소설의 구성에 등장하는 무속사상과 불교사상, 서민생활의 전통적 의식들을 구체적이고 아름답게 담고 있기 때문이다. 끊임없이 흐르

는 강처럼 구원을 향해 깊게 흐르는 꿈과 기다림을 심어주고 싶다
던 작가 최명희. 그를 두고 시인 고은은 다음과 같이 말했다. '원고
지 한칸 한칸에 글씨를 써넣는 것이 아니라 새겨 넣고 있다. 그의
글씨는 철필이나 만년필로 쓰는 것이 아니라 아주 정교하게 만든
정신의 끌로 피를 묻혀가며 새기는 철저한 기호이다.《혼불》은 나
를 숨 막히게 한다. 지금 우리 문학에 횡행하는 소음과 기만을 무
섭게 경고한다. 최명희 그는 분명 신들린 작가이다.'

전주문학관

《혼불》의 배경은 전라북도 남원시 사매면 노봉마을과 그 주변이다.《혼불》의 중심무대인 종가엔 청암부인의 기상이 서려 있고, '혼불'이 새암을 이뤄 위로와 해원의 바다가 되길 바라는 뜻을 담은 새암바위, 백대 천손의 '천추락만세향'을 누리길 바라는 마음으로 만든 청호저수지를 걷노라면 불어오는 바람결에 작가의 내밀한 속삭임을 듣는 것만 같다.

작가가 태어난 전주의 한옥마을엔 최명희의 삶과 그녀가 자취를 조명한 최명희 문학관(063-284-0570)이 자리하고, 문학관 뒤로는 생가터가 있다. 문학관엔 소설 《혼불》의 원고지 1만2천 장 중 3분의 1이 보관되어 있고, 작가의 생전 발자취와 소품들이 전시되어 있다.

혼불문학관(063-620-6788) 주변에 소설 속 중요한 문학적 공간이며, 가장 오래된 목조건물 역사가 있는 구 서도역이 있다. 《혼불》에서 효원이 대실에서 매안으로 신행 올 때 기차에서 내리던 곳이며, 강모가 전주로 유학할 때 기차를 이용했던 장소이다. 늦가을 낙엽이 흩날리는 서도역 최명희작가탑을 둘러보다 보면 한 편의 시가 떠오른다. 「숨 끊긴 서도역은 살아 있었다 / 한 컷의 시간들이 꿈틀대고 있었다 / (중략) / 사람의 혼불을 피우고 있었다 / 서도역은 숨을 쉬고 있었다 / 그러나 아무도 없다」(시인 박명용, 《서도역 한 컷》 중에서)

아쉽게도 혼불문학관이 있는 노봉마을 주위엔 《혼불》의 추억만 존재할 뿐 식사할 곳이 전무하다. 대신 남원 시내 광한루원 주변엔 식당가가 줄을 잇고 있다. 남원산 추어와 열무시래기를 넣어 고소하고 담백한 추어탕과 추어숙회, 추어튀김 등을 맛볼 수 있는 추어요리 전문점 추어향(063-625-5545)이 있다. 최명희문학관이 있는 전주 한옥마을에는 먹거리가 풍부하다. 전주 전통비빔밥과 전통돌솥밥 그리고 전통모주 한잔을 곁들일 수 있는 고궁수라

간(063-285-3211), 3대 70년을 이어오는 전통국수집 봉동할머니국수(063-288-7138)를 추천한다.

그 속에서 놀던 때가 그립습니다

언덕을 잊지 않는 여우 이야기

|

#문순태 #전라남도 #담양군 #생오지마을

문순태는 1939년 담양에서 태어났다. 그는 1958년 광주고등학교에 다니면서 시인 이성부와 함께 김현승에게 시(詩) 작법을 배웠는데, 고등학교 3학년 때는《전남일보》신춘문예에 그의 시가 당선되기도 했다. 1965년 시〈천재들〉을 발표하며 시인으로 등단한 후, 1974년《한국문학》에 단편소설〈백제의 미소〉가 당선되며 본격적으로 소설가가 됐다. 유년기에는 일제를, 열두 살에는 한국 전쟁을 경험하며 역사의 상처를 몸에 새긴 그에게 고향은 남다른 공간이다. 그는 고향 마을에 '생오지 문예창작촌'을 짓고 문예창작대학을 통해 10명 이상의 작가를 등단시키는 등 지금도 꾸준한 활동을 이어가고 있다.

그는 상처 입은 자만이 다른 이의 아픔을 품을 수 있다고 믿으며, 유년의 상처를 소설로 승화시켰다. 소설〈41년생 소년〉과〈느티나무 사랑〉에서는 고향 상실과 한국 전쟁의 아픔을 그렸고,〈고향으로 가는 바람〉과〈흑산도 갈매기〉에서는 이촌 향도한 이들의 고통스러운 삶을 담았다.《소쇄원에서 꿈을 꾸다》와 생오지 연작에서 그의 고향에 대한 애정을 엿볼 수 있다.

그 속에서 놀던 때가 그립습니다

언덕을 잊지 않는 여우 이야기

도시 개발은 편리를 선물한 대신 운치와 낭만을 녹슬게 했다. 이젠 어디로 눈을 돌려도 차가운 시멘트뿐이다. 사람들은 어릴 적 흙냄새와 냇물 소리를 추억하며 상실감을 견뎌야 했다. '고향'이란 말에 가슴 한구석이 아련해 오는 이유일 터다.

궁금하다. 새 것 같은 신도시에서 나고 자란 아이들은 어디를 고향으로 삼아야 하는지. 삶에 부대껴 가눌 수 없이 피로한 몸을 숨길 자리를 고향이라 할 때, 아이들의 고향이 먼지 한 톨 없는 무취의 아파트촌인 것은 슬픈 일이다. 희미해져 가는 마음 속 고향이 안타까운 날, 작가 문순태가 떠올랐다. 그가 평생을 들여 핍진하게 그려낸 고향에서 뿌리를 잘린 듯한 불안감을 털고 싶었다. 담양 가는 길은 직행 버스마저 드물었다.

나의 살던 고향은

마음이 갈기처럼 미세하게 흩어졌다. 착잡했다. 순기로
서는 죽기보다 더 싫은 귀향이었다. 그는 이미 30년 전
어머니와 함께 쫓기듯 극락산을 넘어오면서 다시는 죽
어도 고향에 돌아가지 않겠다고 결심을 했었다. 그 뒤 그
의 고향 달궁은 그의 가슴 속에 무덤처럼 죽어 있었다.

《달궁》 중에서

　

문순태가 고작 열두 살일 때, 그의 고향은 전쟁 한복판에 있었
다. 그는 불타버린 마을을 떠나 논바닥에 토굴을 파고 살아야 했으
며, 인민위원장 아버지를 뒀다는 오명을 쓰고 짓지 않은 죗값을 치
러야 했다. 그렇기에 그의 첫 자전적 소설인《달궁》에 그려진 귀향
은 고통스럽다.

가난했을 때는 흙도 먹고, 돌도 주워 먹었어요. 반짝반짝
한 돌을 산골이라고 했어요. 운동장에서, 뼈가 튼튼해진다
고. 산골을 일부러 주워 먹었어요. 흙도 황토 흙을 먹고요.

《생오지 작가, 문순태에게로 가는 길》 중에서

《41년생 소년》에서 반짝거리는 돌을 주워 삼키며 배고픔을 달
래는 소년은 작가 자신이다. 그의 글에는 피부로 느낀 현실의 피맺
힌 질곡이 담겨 있었다.

개들은 시체의 팔과 다리부터 뜯어 먹고 있었다. 개들의 주둥이가 모두 벌겠다. 입 가장자리 흰 털에 피 묻은 워리가 얼핏 나를 돌아본 후 이내 시체의 배 위로 올라섰다. 개들 중에서 송아지만큼 덩치가 크고 검은 털에 꼬리가 짧은 셰퍼트가 핏발 선 눈으로 나를 보더니, 이를 드러내며 으르렁거렸다.

《41년생 소년》 중에서

돌 무렵부터 함께 자란 워리를 품에 안고 잘 정도로 좋아했던 열두 살의 그는 눈이 벌게서 시체를 뜯어대는 개떼 앞에서 무너질 수밖에 없었다. 사람의 몸뚱이를 먹이 삼은 개들은 늑대처럼 울었다. 흔적도 없이 바스러진 일상 앞에서 느껴지는 공포는 '발가벗겨진 채 비를 맞아서 배가 팅팅 부어오른 여자들의 시체'에서 느껴지는 그것보다 더 파괴적이었다. 상처뿐인 그에게 글쓰기는 자기 구원이었다.

꽃 피는 산골

70대 후반에 들어선 그는 여전히 집필에 몰두 중이다. 그는 고향인 담양군 남면의 바로 윗마을 생오지에 서실을 마련하고 집필하고 있다. 생오지 마을은 조심스러운 발걸음 소리가 땅의 숨소리처럼 쩡하고 울리는 산골이다.

> 생오지는 예로부터 불리어 온 이 마을 본디 이름이다. 내가 어렸을 때는 '쌩오지'라고들 했다. 마을 이름 그대로, 오지 중의 오지로, 사방이 산으로 에둘러 소쿠리 속처럼 깊고 한갓진 곳이다. 마을에는 대문도 문패도 없고 구멍 가게 하나 없다. 마을 앞으로 고라니가 한가하게 지나고, 마당에는 병아리 대신 꺼병이들이 뿅뿅거리는가 하면, 밤에는 명치끝이 아릴 정도로 소쩍새가 낭자하게 울어대는 곳.
>
> 수필 〈생오지 가는 길〉 중에서

'노인 한 사람 한 사람이 박물관이고 도서관이며 이야기 창고'라고 여기는 그는, 이제 노년을 맞아 자신의 험난한 삶을 풀어내는 데 여념이 없다. 젊은 날, 고통스러운 기억을 피해 도망쳐야 했던 고향은 되돌아온 그에게 생을 아우르는 통찰력을 선물했다. 특히 그는 최근 2016년에 발표된 소설집 《생오지 눈사람》에서 삶과 죽음의 아찔한 경계를 고스란히 글로 담아내는 경지를 보여주었다.

소설의 주인공 '동수'와 '혜진'은 피지도 못하고 시들어가는 꽃송이를 닮은 청춘이다. 자살 사이트에서 만난 그들은 '공룡들이 우글거리는 정글 같은 도시'를 등지고 죽을 자리를 찾아 생오지에 숨어들었다.

눈이라도 푸지게 오는 날이면 전화조차 먹통이 되는 마을…….얼굴에 기미가 많은 초면의 동네 할머니는 맨밥을 욱여넣던 청춘 남녀에게 바리바리 먹거리를 날랐고, 일흔 다섯의 이장 할아버지는 바튼 기침 끝에 자기가 동네에서 제일 젊다며 씨익 웃었다. 갈밭댁 할머니는 팥죽 담긴 냄비를 내밀며, 앓는 영감이 죽으면 자기도 따라 죽을 테니 자기 집에 와서 살으라 몇 번이고 당부했다. 생사의 경계선 같은 마을에 눈이 시리도록 따뜻한 햇살이 내리쬐고 있었다.

> "햇살이 참 좋으네요. 할머니들 무슨 이야기를 그렇게
> 재미있게 하세요?"
> 동수가 할머니들 앞에 바짝 다가가 걸음을 멈추고 섰다.
> "죽는 이야기……. 우리는 노상 죽는 이야기만 혀."
>
> 《생오지 눈사람》 중에서

어디서 죽을까, 언제 죽을까를 꼼꼼하게 헤아리던 동수와 혜진이지만, 그들을 꼭 닮았을 아기는 혜진의 뱃속에서 하루가 다르게 커가고 있었다. 그들이 진심으로 죽기를 소원했으리라고는 생각하지 않는다. 죽을 만큼 힘든 순간 그러나 절실히 살고 싶은 때……. 피지 못한 청춘들은 죽음이 안개처럼 깔린 마을에서 새 인생을 싹틔웠다.

이장은 손바닥으로 방바닥을 짚어보고 임산부가 차게
자면 안 된다며 군불을 더 지피라고 했다. 그는 매우 호
의적이었다. 두 사람을 이상한 눈으로 보지 않았고 오래
전부터 잘 알고 있었던 것처럼 스스럼없이 대해주었다.
어떻게 해서 생오지까지 오게 되었는지에 대해서도 묻
지 않았다.

《생오지 눈사람》 중에서

'나의 살던 고향'이 삭막한 아파트촌이 아니라 '꽃피는 산골'이
었더라면, 삶이 한 뼘은 더 여유로웠으리라 투덜댄 때가 있었다. 하
룻밤 쉬어 가기를 청하는 밤이면, 선뜻 후한 인심마저 나누는 곳이
있었으면 하고 아쉬웠다.

문득 깨닫는다. 제 고향이 어딘지 모르는 이조차 향수를 품고
사는 이유는, 어디에도 없을 유아적 유토피아를 꿈꾸는 게 아니란
걸 말이다. 자신과 꼭 닮은 곳에서 상처를 풀어헤칠 수 있으리란
기대 때문이리라. 닮은 이들끼리 서로의 위로가 되어주는 곳, 그곳
이 고향이다.

생오지 마을은 낯설고 지친 모두에게 곁을 내어줄 것이다. 그
공간만이 가진 고유한 외로움으로 방문객의 쓸쓸함을 달래줄 것이
다. 문순태의 고향은 아프도록 고즈넉하다.

얼마든지 잊고 지내도 괜찮다. 쉴 곳이 필요한 순간 주저 없이
발걸음을 떼기만 하면 된다. '심신을 친친 묶은 쇠고랑'을 내던지
고 싶을 때, 그때가 바로 고향으로 고개를 향할 때일 게다.

마을 안쪽에서 와자하게 개들이 짖어댔다. 한 마리가 짖
으면 마을의 모든 개들이 따라서 짖어댔다. 동수와 혜진
이는 개 짖는 소리와 닭 회치는 소리를 들을 때마다 이
세상에 아직 살아있음을 절감했다.

"생오지에 오기를 참 잘했지?"

《생오지 눈사람》중에서

1
2

1, 2
고향은 아프도록 고즈넉하다

담양군 남면에 있는 '생오지 마을'에 가기 위해서는 소쇄원을 지나 887번 도로를 통해야 한다. 화순 방면으로 가다 보면 오른쪽에 생오지로 가는 방향을 알리는 자그마한 간판이 있다. 차가 닿는 곳이 아니기 때문에 초입에서부터는 걸어야 한다. 오솔길은 외길로 돼 있기 때문에 길을 잃을 염려는 없다. 생각보다 깊은 위치에 문순태 작가의 서실이 있어 산책하듯 한참을 걷다 보면, 이름이 괜히 '생오지'가 아니구나 하는 생각이 들기도 한다. 운이 좋다면 서실에서 집필 중인 작가를 직접 만나는 행운을 누릴 수도 있다. 그는 오전 시간에 주로 머물며 글을 쓴다고. 생오지 문예창작촌은 광주대 문예창작과 교수직을 정년퇴직한 문순태 작가가 사재를 털어 후배 문인 양성을 위해 마련한 것으로, 작가를 준비하는 많은 이가 이곳을 찾고 있다.

다음으로 들러볼 곳은 소쇄원이다. 문순태 작가가 《소쇄원에서 꿈을 꾸다》를 집필할 정도로 특별한 애정을 가진 공간으로, 역사상 실존 인물인 '양산보'가 그의 은거처로 마련한 곳이 소쇄원이다. 소쇄원의 중심 역할을 하는 제월당과 광풍각도 매력적인 공간이지만, 입구에 자리한 '봉황대'에서 대바람 소리를 듣다보면 자신만의 봉황을 기다리는 주인공 양산보의 숨결이 만져지는 듯하다.

담양을 대표하는 문인으로는 송강 정철을 빼놓을 수 없다. 학창시절 누구나 한 번은 골머리를 앓게 만든다는 가사 문학 〈관동별곡〉과 〈사미인곡〉의 작가로 유명한 정철이지만, 그의 호를 딴 '송강정'과 그가 사색하던 '환벽당(環碧堂)', '식영정(息影亭)'에서 여유를 즐기다 보면, 그가 왜 그런 노래를 읊을 수밖에 없었는지 알 듯도 하다. 남도의 정자에는 '올라가지 마시오.'가 아니라 '신발 벗고 올라가시오.'라는 주의 사항이 있다. 정자에 마련된 작은 방 안에서 창밖의 절경을 즐기는 남도식 풍류를 만끽해보자. 창문이 3D 풍경화로 감쪽같이 변하는 모습을 보며, 이런 곳이라면 공부가 신선놀음처럼 느껴지겠다 싶은 기분이다. 환벽당 뒤는 소나무와 대나무로 둘러싸여 있고, 그 앞은 첩첩한 산세를 이루고 있어 '푸른 녹음이 고리를 둘렀다.'라는 이름이 절묘하다. 환벽당과 마주 보는 위치에 있는 '식영정'은 '그림자가 쉬어 간다.'는 뜻을 가진 정자로, 정철이 노년에 귀향을 와서 지은 두 개의 미인곡이 이곳에서 지어졌다고 한다.

머지않은 곳에 있는 '가사문학관'에서는 정철의 문학 세계를 더욱 깊이 체험할 수 있다. 가사문학관에서 놓치지 말아야 할 것은 선조의 하사품이다. 정철이 평생 사모하던 미인 '선조'가 그에게 선물한 잔을 유심히 살펴보자. 평소 술을 좋아하던 정철을 걱정한 선조가 귀향 중인 그를 염려하여 내린 하사품이라고 한다. 선조가 이 잔으로 한 잔씩만 마시라 그에게 왕명을 내리자, 정철은 왕명을 지키는 동시에 술을 많이 마실 수 있도록 잔을 두드려 크게 넓혀 버렸다고. 그의 재치에 까마득한 역사가 우리 주변의 재미난 이야기처럼 다가온다.

담양 하면 떡갈비를 빼놓을 수 없다. 떡갈비를 전문으로 다루는 식당은 많지만, 그중에서도 달빛뜨락(061-382-2355)을 추천한다. TV 프로그램 '한식대첩'에 전라남도를 대표해 출연했던 조리기능장이 운영 중이다. 밑반찬부터 정성이 느껴지는데, 특히 치자로 물들인 연근조림은 포실한 식감으로 입에서 녹는다. 부담 없이 따뜻한 한 끼를 먹고 싶을 때는 관방제림 국수 거리를 추천한다.

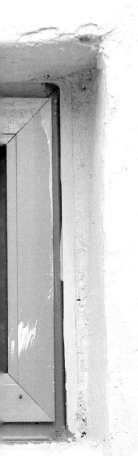

토굴에 사는 글쟁이

도깨비에게 저당 잡힌 예술혼

#한승원 #전라남도 #장흥군

작가소개

한승원은 1939년 전라남도 장흥에서 태어났다. 말수가 적었던 그는 '가시나' 같다는 이야기를 들을 만큼 순박하고 수줍음이 많았다. 내성적이던 소년에게 책 읽기는 바깥을 내다볼 수 있는 통로였다. 그의 말처럼 미친 듯이 쓰고 읽었 던 시절이었다. 한승원은 몸이 좋지 않을 때도 글쓰기를 하는데, 아픔을 이겨 내기 위해서라고 한다. 책상 앞에만 서면 모든 통증이 사라졌고, 그렇게 토해 낸 글은 거름이 되어 장흥 땅 곳곳에 뿌려져 있다.

작품소개

1968년 《대한일보》 신춘문예에 단편소설 〈목선〉이 당선돼 등단했다. 소설집 《앞산도 첩첩하고》, 《안개바다》 등과 장편소설 《아제아제 바라아제》, 《해산 가는 길》, 《달개비꽃 엄마》 등을 발표했다. 그의 다수 작품은 장흥이 공간적 중심이다. 아픔의 대명사였던 고향이 치유되는 과정을 보여주며 원초적인 생 명력을 그렸다. 거기에 본인의 이야기까지 더해져 사실성을 높였다는 평가를 받고 있다.

토굴에 사는 글쟁이

도깨비에게 저당 잡힌 예술혼

열 손가락을 깨문다. 저마다 아프다고 난리다. 그런데 유독 흔적이 깊게 팬 놈이 눈에 걸린다. 다른 손가락은 금세 새살을 돋아내도, 그놈만은 생채기에 걸린 것 마냥 빨갛다. 모습이 가여워 다른 손으로 감싸보지만 쉽게 곁을 허락하지 않는다. 다만 펑펑 운 것처럼 퉁퉁 부어있다. 누구나 가슴엔 아물지 않는 손가락이 하나씩 자리한다. 소설가 한승원에겐 "내 소설의 9할은 고향 바닷가 마을의 이야기"라고 말한 장흥이 그랬다. 어머니를 만나기 위해 걸었던 80리 길은 날카로운 조각이 되어, 그의 마음을 찌른다. 한승원은 그 길을 벗어나려 했지만, 다시 걷는다. 다친 손가락을 어루만지며.

손길이 어색했다. 생인손처럼 앓으면서도 자리를 내줄 수 없었다. 할 수 있는 건 다가오는 만큼 멀어지는 것뿐. 한 발자국 또 한 발자국, 그렇게 뒷걸음질을 쳤다. 시간이 지나면 저절로 회복되리라 여겼지만, 상처는 늘 그 자리에 머물렀다. 장흥은 그런 흉터가 진하게 남아있는 지역이다. 6·25전쟁 이후 '한국의 모스크바'라 불렸을 정도로 빨치산의 주둔지였던 그곳엔 같이 웃고 떠들던 사람들이 편을 나누어 싸웠던 역사가 살아 숨 쉰다. 한승원은 눈물로 범벅이 된 길을 시와 소설로 위로하고 있다. 그가 걸었던 길에서 뒷걸음질을 멈추고 발을 앞으로 내밀었다.

새끼 오리 떼처럼, 문학

가시가 박혀 우는 소년이 있었다. 그 모습을 본 어느 시인은 약 대신 줄지어 가는 새끼 오리 떼를 보여주었다. 사내아이는 아픈 것도 잊고 광경이 사라질 때까지 바라보았다.

한승원의 어린 시절도 소년과 같았다. 내성적이었던 그는 동급생들과 어울리지 못하고 혼자 지내는 시간이 많았다. 기댈 수 있었던 건 어머니와 책뿐이었다. 어머니의 사랑으로 정신적인 안정을 찾았다면, 책은 꿈을 가지게 했다. 문학은 새끼 오리 떼처럼 그에게 다가온 것이다. 그 안에서 본 세상은 훗날 소설적 자산으로 남았다. 대표적인 작품이 소설 《보리 닷 되》다. 제목은 주인공이 가졌던 꿈을 상징하는 매개체였다. 보리 닷 되를 주고 산 클라리넷을 불며 예술가의 꿈을 꾸었다.

한승원은 출판회에서 "문학을 병이라고 생각할 만큼 주체할 수 없는 영혼을 짊어지고 미친 듯이 살던 곤궁한 시절이 있었어요. 성공을 준비하지 못하고, 늘 실패를 준비하며 얼른 어른이 되기를 바랐죠. 그때는 몰랐지만 정말 값지고 아름다웠던 그 시절을 형상화하고 싶었습니다." 라고 말했다. 비수처럼 가슴을 찔러대던 시절이 지금의 그를 만들었다는 이야기다.

《보리 닷 되》는 작가의 자전적 소설이다. 소설 《해산 가는 길》이 유년 시절로의 시간 여행이었다면, 《보리 닷 되》는 이후의 청년기를 배경으로 한다. '승원'이라는 이름을 작품에 등장시켰으며, 가족과 첫사랑 등도 실재의 인물들로 구성했다. 그는 "등장인물과 줄거리 대부분이 거의 실화를 바탕으로 한다.”고 밝혔다.

왜 이렇게 본인의 이야기에 집착하느냐는 질문에 “소설가에게는 ‘나’도 하나의 좋은 소재죠. 지금의 ‘나’를 있게 한 근원적인 힘을 찾아가는 과정이 재미있었어요.”라고 이유를 설명했다. 자아를 찾아가는 과정이야말로 아픈 손가락을 치유하는 최선의 방법이라는 말이다.

작가는 시간이 더 흐르고 “지금은 할 수 없지만 되돌아보면서 이야기할 수 있는 때”가 오면《보리 닷 되》이후의 자전적인 이야기를 쓸 계획이라고 한다. 그의 소설이 클라리넷처럼 울려 퍼지면, 장흥은 또 한 번 지난 상처에서 벗어날 것이다.

한승원의 열정처럼 빨갛던 우체통과 문

고단한 울음이 쉬는 곳

고칠 수 없는 병이 있다. 세상의 어떤 약으로도 치유할 수 없다. 병은 가슴이 아리다 못해 찢겨 나가는 통증을 준다. 어머니에 대한 그리움이다. 한승원 역시 그 불치병에 걸려 심한 가슴앓이를 겪었다.

어머니 '점옹'은 "조선이라는 나라는 제사만 지내다 망했다."면서 여러 조상의 제사를 한 날로 잡아 지낼 정도로 열린 사고를 지녔다. 그녀의 진보적인 의식은 작가의 길을 걷는 아들에게 든든한 힘이 됐다. 어머니는 아들이 문학을 배우기 위해 서울로 올라갈 때도 전적으로 응원했다. 어머니의 존재로 한승원은 마음껏 꿈을 펼칠 수 있었지만, 그에 따른 책임도 컸다.

그는 "나만을 바라보는 처자식과 동생들에게 보일 수 없었던 고단한 울음도 어머니의 품에서만큼은 마음 놓고 털어놓을 수 있었다."고 고백한다. 그럴 때마다 어머니는 "오냐, 오냐, 니 쓰라린 속, 이 어메가 다 안다, 내가 다 안다. 울어야 풀리겠으면 얼마든지 실컷 울어버려라."(《달개비꽃 엄마》 중에서)며 아들의 아픔을 나눴다.

한승원의 어머니에 대한 애절함은 중학교 때부터 커졌다. 고향을 떠나 장흥에서 자취하며, 주말이면 집까지 80리를 걸어갔다. 다녀오면 삼사일 동안 몸살이 나는 여정이었지만, 토요일이 오면 어김없이 길을 나섰다.

열세 살, 열네 살, 열다섯 살의 소년을 그렇게 강행군하
게 한 그것은 대관절 무엇이었을까

《달개비꽃 엄마》중에서

그는 질문에 대한 답을 자기 안에 있는 '시커먼 놈'에서 찾는
다. 어려운 일이 있을 때면, 그놈이 나온다는 것이다. 80리 길을 걸
을 때도 '시커먼 놈'은 어머니의 존재를 깨닫게 해주어, 집에까지
갈 수 있게 했다. 글을 쓸 때도 마찬가지였다. 한승원은 그놈과의
일화를 이야기한다. "15년 전쯤 바다의 늙은 도깨비 한 놈이 찾아
와 영혼을 저당 잡히는 대신 걸작을 쓰게 해주겠다."고 얘기해 승
낙했다는 것이다. 그놈은 어머니와 고향 그리고 문학을 그리워했
던 한승원의 열정이었다.

그는 지금도 장흥 '해산토굴'에 틀어박혀 '시커먼 놈'이랑 글쓰
기에 몰두하고 있다. 어머니를 만나기 위해 걸었던 80리 길은 여
전히 진행형이다.

장흥은 전라남도 끝자락에 자리해 산과 바다에 둘러싸인 마을이다. 억새가 유명한 천관산과 서울에서 정남 쪽에 있다고 해서 붙여진 정남진해변이 장흥의 지형을 잘 설명하고 있다. 한승원이 기거하는 '해산토굴' 역시 그러한 형태를 띤다. 뒤로는 나지막한 동산이, 앞으로는 해변이 보인다. 그는 그곳에서 문학학교를 열어 일반인과 소통한다. 그가 명상하며 걸었던 길은 '한승원 문학 산책길'이 되었다. 바위마다 자작시가 더해져 사색의 자리로 탈바꿈했다. 잠시 머물며 마음속에 있는 '시커먼 놈'하고 대화를 나눠보자. 때마침 파도소리마저 들린다면, 진실한 이야기가 오갈 것이다. 회전면 신덕리에는 한승원생가가 있다. 잠시 들려 그의 흔적을 찾아보자. 천관산 자락에 있는 천관문학관에는 한승원의 자료와 더불어 장흥 출신 작가들의 시와 소설이 보존돼 있다. 왜 장흥에 그토록 문인이 많은지 이해할 수 있는 공간이다. 문학관에서 조금만 올라가면, 천관산문학공원이 있다. 돌 하나하나에 의미가 담긴 공원은 신성하기까지 하다.

한승원 문학 산책길

남도는 지역마다 그 색이 뚜렷하다. 그래서 여수에선 돈 자랑, 순천에선 얼굴 자랑하지 말라고 했다. 장흥에서도 조심할 게 있다. 글 자랑, 문장 자랑이다. 워낙 많은 문인이 있어서다. 한승원은 그 이유로 장흥의 환경을 든다. 동학운동부터 빨치산까지, 피맺힌 역사가 이청준, 송기숙, 이승우 등의 작가를 배출했다고 말한다. 특히 이청준은 한승원과 더불어 장흥을 대표하는 작가다. 그는 소설 〈눈길〉에서「산비둘기만 푸르르 날아올라도 저 아그 넋이 새가 되어 다시 되돌아오는 듯 놀라지고 나무들이 눈을 쓰고 서 있는 것만 보아도 뒤에서 금세 저 아그 모습이 뛰어나올 것만 싶었지야.」라고 어머니를 이야기했다. 아들의 80리 길을 떠나보내던 한승원의 어머니가 생각난다. 이청준에게서 한승원의 모습이, 한승원에게서 이청준이 떠오르는 이유다.

남도 여행의 재미 중 먹거리가 차지하는 부분이 크다. 어느 식당에 들어가도 김치만 있으면 밥 한 공기는 금세 해치울 정도로 맛있다. 장흥 역시 다양한 먹거리가 유명하고, 그중에서 장흥삼합은 알아준다. 장흥한우삼합구이(061-864-0097)는 한우를 직접 선택해, 구워 먹을 수 있다. 명희네 음식점(061-862-3369)은 시원한 매생이국이 일품이다. 같이 나오는 밑반찬도 모두 정갈하다. 국밥은 장터뚝배기(061-863-9729)를 추천한다. 현지인들의 구수한 사투리를 찬으로 함께 들 수 있는 곳이다.

남도 끝 언덕에 앉아

바다의 노래를 앓다간 사람

|

#이청준 #전라남도 #장흥군

작가소개

이청준은 1939년 전라남도 장흥군 회진면 진목리에서 태어나, 2008년 폐암으로 별세했다. '남도민의 한과 소리를 담아낸 소설가'라는 평을 듣는 그는 자신을 '고향을 팔아먹고 사는 작가'라고 표현했다. 장흥 땅 어디든 작가의 소설로 덮히지 않은 곳이 없을 정도로 고향에 대한 애정이 각별했으며, 지금은 고향 앞바다가 바라다보이는 양지바른 언덕 위에 영원히 잠들어 있다.

작품소개

1965년에 《사상계》 주최 신인문학상에 당선된 단편소설 〈퇴원〉은 이청춘의 등단작이다. 그는 여러 차례 문학상을 받았으며 평생 문학만을 업으로 삼았다. 그의 소설은 유난히 영화화된 것이 많은데 특히 〈서편제〉(영화·서편제), 〈선학동 나그네〉(영화·천년학), 〈축제〉(영화·축제), 〈벌레 이야기〉(영화·밀양) 등을 꼽을 수 있다. 수많은 그의 작품 중에서도 어머니와의 일화를 다룬 〈눈길〉은 어머니를 그리워하는 모든 이의 명치 끝을 누르며 속울음을 울게 하는 작품이다.

바다의 노래를 앓다간 사람

이젠 잊을 만도 하건만, 장성한 아들은 그 새벽녘의 아픈 이별이 날이 갈수록 극명하게 떠올라 목울대가 울렁거렸다. 황급히 광주행 버스를 타고 떠나가는 까까머리 중학생 아들을 향해 손사래 치시던 어머니의 모습. 가라는, 어서 가라는 손짓은 실은 아들에 대한 사무친 그리움을 떨쳐내려는 몸부림의 손짓이었다. 남도의 끝자락, 장흥의 진목마을 언덕배기엔 눈 내리던 그 새벽녘 이청준과 홀어머니의 가슴 아린 이별의 발자국이 새겨져 있다.

발자국 밑에 숨겨둔 이야기

거덜이 나고만 집안 살림이었다. 집 마저 팔려 식구들은 뿔뿔이 흩어지고 홀로 남은 어머니는 갈 곳조차 정해지지 않았다. 광주에 나가 공부하고 있는 중학생 아들이 오기로 한 날, 어머니는 저녁밥을 지어놓고 아들을 맞았다. 구석진 산골 마을에 무슨 변변한 찬이나 있었을까? 밥상 앞에선 숟가락 부딪히는 소리만 달그락거릴 뿐 별다른 대화도 없었다. 지금이나 그때나 사춘기 아들이 뭐 그리 사근사근 어머니에게 말을 걸까.

아들은 나중에야 안 일이지만 어머니는 거기서 마지막으로 아들에게 저녁밥 한 끼를 지어 먹이고 당신과 하룻밤을 재워 보내고 싶어 새 주인의 양해를 얻어 그렇게 혼자서 아들을 기다리고 있었던 것이다.

홀어머니와 하룻밤을 지내고 난 아들은 학교로 돌아가기 위해 광주행 버스를 타야 했다. 어둠이 채 가시지 않은 새벽에 모자는 집을 나섰다. 때마침 내린 눈으로 미끄러운 빙판길을 서로 부축해가며 말없이 걷고 또 걸었다. 마침내 신작로에 다다랐을 때, 숨 돌릴 틈도 없이 버스가 도착했고 아들은 순식간에 올라탔다. 어머니는 넋이 나간 사람처럼 어둠 속에서 한참 동안 아들이 사라져간 찻길만 바라보고 서 있었다. 한참 후, 어머니는 아직도 온기가 남아 있을 것만 같은 아들의 발자국을 밟으며 왔던 길을 되돌아간다. 몇십 년의 세월이 흐른 후 어머니는 작가의 아내에게 가슴 속 이야기를 꺼내 놓는다.

굽이굽이 외지기만 한 그 산길을 저 아그 발자국만 따라 밟고 왔더니라. 오목오목 디뎌논 그 아그 발자국마다 한도 없는 눈물을 뿌리며 돌아왔제. 내 자석아, 내 자석아, 부디 몸이나 성히 지내거라. 부디부디 너라도 좋은 운 타서 복 받고 살거라. 눈앞이 가리도록 눈물을 떨구면서 눈물로 저 아그 앞길만 빌고 왔제.

〈눈길〉 중에서

이청준은 〈눈길〉의 내용 대부분이 자신의 이야기라며, 그 새벽녘 눈길에 파묻어 두었던 사연이 너무도 가슴 아파 모자간에 피차 그 이야기는 입 밖에 내놓은 적이 없었다고 고백했다.

한겨울에 찾은 회진 앞바다의 바람은 매서웠다. 진목마을 어귀에 들어서니 칼바람에 뺨이 얼어붙는다. 아무리 옷깃을 여며도 파고드는 한기를 피할 길 없다. 이런 날이면 세상의 모든 어머니는 자신보다 자식 걱정에 마음이 더 시리다.

모자가 함께 걸었던 진목마을 어귀길

선학을 불러내는 소리

마을 앞 포구에 밀물이 차오르면 거대한 학 한 마리가 물 위를 떠돌았다. 물에 비친 관음봉의 산 그림자는 영락없이 막 물 위를 날아오르려는 학의 모습이었다.

하늘로 치솟아 오른 고깔 모양의 주봉은 힘찬 비상을 시작하고 있는 학의 머리를, 길게 굽이쳐 내린 양쪽 산줄기는 날개의 형상이었다. 그러니까 선학동은 날아오르는 학의 품 안에 포근히 안겨 있는 셈이었다.

선학동(영화 천년학) 셋트장

해 질 녘, 포구에 물이 차오르면 마을에선 또 하나의 풍경이 펼쳐졌다. 언젠가부터 마을에 들어와 살던 소리쟁이 부녀가 소리를 시작하는데. 선학이 소리를 불러낸 건지 소리가 선학을 날게 한 건지 분간하기 어려울 지경이었다. 그 애달픈 소리와 풍경에 마을 사람들은 넋을 잃었다.

그러나 언젠가부터 포구의 물길이 막히고 그곳은 벌판으로 변했다. 관음봉은 날개가 꺾이고 주저앉은 새가 됐다. 선학동 사람들은 더는 비상학을 볼 수 없게 됐다. 훗날 부녀를 버리고 떠났던 소리쟁이의 의붓아들이 선학동을 다시 찾아와 여동생의 행방을 묻자 주막집 주인이 답한다.

> "여자는 어디로 떠나간 것이 아니여, 그 여자는 이 선학
> 동의 학이 되어버린 거여. 학이 되어서 언제까지나 이
> 고을 하늘을 떠돈단 말이여."
>
> 〈선학동 나그네〉 중에서

남도의 소리 가락은 유난히 애절하다. 한평생 살아가며 긴긴 세월 동안 먼지처럼 쌓아 올린 '한'이 숨결마다 배어있기 때문일까? 탄식인 듯 신음인 듯 뱉어내는 소리 한 곡조 한 곡조마다 듣는 이의 가슴을 훑어 내린다. 남도의 소리를 그토록 좋아했던 작가도 지금쯤 선학동 옆 진목마을 언덕에 누워, 물비늘 반짝이는 고향 앞바다를 바라보며 소리 한 자락 듣고 있으리라.

궁벽한 갯마을 출신 소년이 서울대학교에 들어갔을 때 고향 사람들은 이청준의 암행어사 출두쯤을 기대하고 있었다. 진목리 천재가 제 입에 풀칠하기도 힘든 소설쟁이가 됐을 때 고향 사람들의 실망은 이만저만이 아니었다. 작가는 세상을 떠난 후에야 고향 사람의 기대를 실현해준 듯하다. 장흥 땅 어디를 가도 이청준의 발자국이 따라다니지 않는 곳이 없을 정도다. 천관산 아래 자리 잡은 천관산 문학관에서, 영화(축제)를 찍은 소등 섬에서, 생가가 있는 진목마을에서, 영화(천년학)를 찍은 선학동에서, 회진 포구에서, 심지어 정남진 전망대에서도 그의 흔적을 볼 수 있다. 남도 끝자락의 어느 작은 음식점 주인마저 작가의 이름을 소중히 꺼내는 것을 보며 고향과 이청준은 너무도 사랑하는 사이였음을 알게 된다.

장흥 회덕중학교 앞 벽화에 그려진 이청준

장흥에서 태어나 지금도 그곳에서 살고 있는 시인 이대흠은 소박하고 아름다우면서도 향토색 짙은 시를 써오고 있다. 「서울이나 광주에서는/ 비가 온다는 말의 뜻을/ 알 수가 없다/ 비가 온다는 말은/ 장흥이나 강진 그도 아니면/ 구강포쯤 가야 이해가 된다/ 내리는 비야 내리는 비이지만 비가/ 걸어서 오거나 달려오는 경우도 있다는 것을」(〈비가 오신다〉 중에서) 비마저도 고향에서 느끼는 맛은 다른가 보다. 추억이 섞여 내리기 때문일까?

용산면 남포길에 자리한 음식점 축제에서는 저렴한 가격에 소등섬 앞바다에서 막 따온 싱싱한 석화를 먹을 수 있다. 늦은 오후, 이곳에서 석화 구이를 먹으며 바닷물이 빠질 때를 기다렸다가 작은 무인도인 소등섬에 들어가 보자. 바다가 갈라지며 서서히 길이 드러나는 모습이 신기하기만 하다. 장흥읍 예양리 정남진 장흥 토요시장 거리에는 삼합(한우, 키조개, 표고버섯) 전문 음식점이 즐비하다. 사랑해 장흥 한우(061-864-5222)에서 맛보는 삼합 구이는 세 가지 재료가 어우러져 내는 향긋한 맛이 일품이다. 짙은 안개 속에 찾았던 회진 포구, 바다 내음(061-867-9981)에서의 아침 식사도 자꾸 생각난다. 매생이 무침, 굴 무침, 소라 무침 등의 바다 향 물씬 풍기는 밑반찬과 굴 미역국이 인상적이다.

석화구이

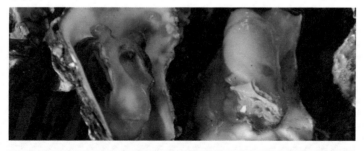

아름다움, 그 이면의 아픔

목메는 봄날

#현기영 #제주특별자치도 #제주시

작가소개

현기영은 제주도에서 태어나 청소년기까지 그곳에서 보냈다. 이후 서울대학
교 사범대학 영문과를 졸업 후 서울사대부고에서 영어교사로 있다, 1975년
《동아일보》 신춘문예에 단편소설 〈아버지〉로 등단했다. 그는 제주도라는 향
토적 세계를 중심으로 현대사의 비극과 아름다운 제주도 자연 속 인간의 삶을
깊이 있게 성찰하는 작품을 주로 써왔다. 한국문학사에서 제주도의 역사를 소
재로 한 작품을 이야기할 때 가장 먼저 꼽히는 인물이다.

작품소개

대표작으로 꼽히는 〈순이 삼촌〉은 4·3사건을 조명한 작품으로 한국문학사에
서 특별한 가치와 의의를 지닌다. 이 작품은 출간 후 금서로 지정되었고, 작가
는 경찰에 끌려가 고문을 받기도 했다. 제주도라는 섬이 겪었던 비극의 역사,
동시에 알려지지 않은 항쟁의 역사를 재조명하는 작품을 여럿 발표했다. 주요
저서로는 소설 《변방에 우짖는 새》, 《바람 타는 섬》, 《지상에 숟가락 하나》,
《누란》, 산문집 《소설가는 늙지 않는다》 등이 있다.

아름다움, 그 이면의 아픔

목메는 봄날

제주는 우리나라에서 가장 먼저 봄이 시작되는 곳이다. 4월이면 한반도에서 가장 먼저 봄꽃으로 제 몸을 치장한다. 화사한 유채꽃과 벚꽃이 땅과 하늘에 함께 흐드러진다. 그 모습은 상상만으로도 가슴이 설렌다. 4월의 제주는 아름답다. 하지만 제주의 4월을 '아름다움'만으로 이야기할 수 있을까. 겉으로 보이는 아름다움의 이면에 감춰진 역사의 상처를 이야기해온 작가가 있다. 제주 4·3 사건에 대해 끊임없이 이야기하는 현기영을 대하자면, 어쩌면 제주 4·3사건에 대한 작가적 소명의식이 그의 문학적 '숟가락' 역할을 하고 있는 것은 아닐까 하는 생각마저 든다.

현기영은 제주 출신 작가라는 것을 과시라도 하듯 등단 이후 줄곧 제주를 배경으로 한 소설들을 펴냈다. 그래서 그는 한국문학사에서 제주를 이야기할 때 빠지지 않는 자타가 공인하는 제주의 대표 작가이다. 그가 발표한 15권의 소설 중 반 이상이 제주의 비극적인 역사 현실을 조명하고 있다는 것이 이를 뒷받침해준다.

영령을 진혼하는 무당

> 그리하여 한라산과 해변 사이 중산간지대의 백30여 개
> 의 마을들이 불에 타 사라졌다. 불바다와 함께 대살육극
> 이 시작되었으니, 주민들 절반은 산으로 달아나 폭도라
> 는 누명 아래 사살의 대상이 되고 절반은 명령에 따라
> 해변으로 소개했으나, 그 중의 많은 부로(父老), 아녀자
> 들이 폭도 가족으로 처형당했다.
>
> 《지상에 숟가락 하나》 중에서

현기영은 4·3사건이 자신에게, 그리고 제주도민에게 미친 영향에 관해 너무나 잘 알고 있다. 그는 4·3사건으로 우울증을 겪었고, 어린 시절 말도 더듬었다고 회고한다. 4·3사건이 남긴 상처가 어디 그뿐이겠냐마는.

작가는 자신과 제주도민이 받은 억압을 푸는 일이 필요하다고 느꼈다. 중학교 2학년 때부터 문학을 해야겠다고 생각했다는 그에게, 그 억압을 푸는 일은 결국 문학에서 마침표를 찍었다. "그래서 제가 책임감을 가지고 글을 쓰기 시작한 겁니다. 4·3에 관한 글을 쓰면 가슴 속에 어떤 해방감이 몰려왔어요. 어떻게 보면 나 자신의 해방을 위해서, 나의 내면과 다른 사람의 억압을 깨뜨리기 위해서 4·3사건을 쓰기 시작한 거죠."라는 그에게서 진심에서 우러나온 4·3사건에 대한 사명감이 느껴진다. 그 사명감은 자못 경건하기까지 하다.

1978년에 발표된 소설 〈순이 삼촌〉은 4·3사건의 진실을 거

의 최초로 공론화한 소설이다. 비록 이 소설은 책이 발매 금지되었고 작가 자신은 보안사에 끌려가 끔찍한 고문을 당하는 고초를 겪었지만, 이 작품이 지닌 문학사적 그리고 역사적 의의는 그로 인해 한층 막중해졌다.

하지만 그에게도 4·3의 굴레를 벗어난 문학을 하고 싶은 생각이 없진 않았을 터였다. "(중략) 또 꿈을 꾸었다. 보안사에서 당한 것과 똑같은 식으로 고문을 당하는 꿈이었다. 고문 주체가 군인들이 아니라 4·3 영령들이었다. '이 새끼가 경쾌하게 4·3을 떠난다고? 네가 뭘 한 게 있다고 떠난다고 하느냐. 매우 쳐라.' 하더라. 식은땀을 흘리면서 잠에서 깼다. 결국 4·3은 못 떠나겠다고 생각했다. 억압으로 생각하지 말자고 생각했다. 나는 4·3의 영령을 진혼하는 무당이다. 이렇게 생각하고 있다." 그가 품은 지독한 사명감의 배경이다.

최고의 상권지로 우뚝 선 현기영의 고향, 노형동

시간은 흘러도 잊지는 말아주오

아픈 역사 후에도 시간은 지나 어느덧 4·3사건으로부터 70년의 세월이 흘렀다. 이제 현기영의 생가가 있던 '함박이굴'은 4·3으로 불타 없어졌고 그의 고향 노형동은 제주 최고의 상권지가 되었다. 그가 친구들과 다이빙을 하던 용연에는 구름다리가 놓여 야경을 보러온 이들의 발걸음이 바쁘고 친구들과 탄피 주우러 다녔던 현무암 해안 길은 어느새 야간 조명시설까지 갖춘 해안도로로 단장돼 카페거리로 둔갑했다. 이 모든 것이 세월의 흐름을 말해주는 듯하다. 하지만 시간이 지나감에도 우리가 잊지 않고 기억해야 하는 곳도 있다. 바로 너븐숭이 유적지와 4·3평화공원이다.

너븐숭이 옹팡밭에서 햇빛을 가려주는 것이 있다면 소나무 몇 그루. 옹팡밭 옆 대도로에는 수많은 차가 쌩쌩 스쳐 지난다. 제주시 조천면 북촌리 1599번지. 이곳은 1949년 1월 17일 발생한 '북촌사건'의 진원지이자 〈순이 삼촌〉의 배경이 되는 곳이다.

너븐숭이에서 제일 먼저 눈에 들어오는 것은 20여 구의 돌무덤. 겨우 대여섯 개의 돌을 돌아가며 세워 놓은 것이 무덤이라니. 돌무덤의 사연을 적은 시비 앞에서 〈애기 돌무덤 앞에서〉라는 시를 읽어 내린다. '너무 낯선 돌무덤'이라는 싯구가 읽는 이의 마음을 슬프고 안타깝게 한다. 소나무 아래 듬성듬성 모아놓은 돌무덤이 애기무덤이라니. 무덤 위에는 풀이 무성하게 자라고 있다. 무덤의 주인공이 누구인지 알 턱이 없다. 돌무덤 근처에 핀 작은 야생화만이 그 이름을 알지도 모르겠다.

4·3평화공원에는 까마귀가 우짖는다. 까악-까악-하는 소리가 그들의 넋이 제 슬픔을 알아 달라 울고 있는 것만 같다. 희생자들의 위패가 모셔진 위령제단에서 향을 꼽고 묵념을 한다. 귓가에는 아직도 까마귀 소리가 그득하다. 그 소리가 가슴을 친다. 가슴이 울린다.

이제는 어렴풋이 알 것도 같다. 제주 출신으로, 그 시대를 살아온 사람으로 4·3사건을 지나칠 수 없었던 작가의 마음.

제주 4·3평화공원에 자리한 4·3위령탑과 위령제단

김포공항에서 비행기로 한 시간 정도면 가는 제주는 좁고도 너른 한반도에서, 오직 이 섬에서만 볼 수 있는 풍광을 가져 그 모습이 이국적이기까지 하다. 우리나라에서 가장 큰 섬, 제주를 단숨에 둘러보는 것은 어쩌면 욕심이다. 제주를 여행하는 방법은 여러 가지. 그중, 4·3을 추모하고 싶다면 너븐숭이 4·3기념관과 4·3 평화공원이 제격이다. 세 개의 마을을 지나는 4·3길을 걸어보는 것도 좋다. 4·3 사건 당시 제주도민이 겪은 통한의 역사현장을 국민이 공감할 수 있는 역사와 교육의 현장으로 만들기 위해 조성된 길이 바로 제주 4·3길이다. 동광마을, 의귀마을과 북촌마을까지 세 개의 마을을 걸으며 4·3사건을 다시금 돌이켜 볼 수 있다. 특히 북촌마을은 소설 〈순이 삼촌〉의 주요 배경이 된 곳으로 문학적인 가치 또한 크다.

4·3 평화공원 근처에서 희생된 두 모녀의 죽음을 모성애로 표현한 작품

다른 작가를 엿보다

현길언은 현기영과 더불어 대표적인 제주 출신 소설가로 꼽힌다. 이들에게 바람 부는 고향 제주는 창작의 토양이었고, 동시에 4·3사건이라는 비극적 역사를 문학으로 전해야 한다는 의무감을 안겨줬다. 그에게 소설을 쓰게 한 것은 4·3사건이었다. "한 사람의 일생에 가장 큰 영향을 끼치는 시기가 소년 시절이 아닐까 싶습니다. 어린 시절 가까운 친척들이 4·3사건으로 화를 당했습니다. 사건이 끝난 뒤에도 사람들은 그때 이야기를 오래도록 입에 올렸지요. 이데올로기에 희생된 평범한 이들의 아픔, 극단적인 상황에서 드러나는 인간 본성에 대해 내가 꼭 써야겠다는 다짐을 품었다가 결국 마흔에 등단했습니다." 한 인터뷰에서 밝힌 바와 같이 그는 고향 제주라는 향토적 소재를 바탕으로 많은 소설을 쓰고 있다.

여행을 맛보다

너븐숭이가 자리한 북촌리는 옆 마을로 함덕리와 동복리를 끼고 있다. 함덕 해수욕장이 있어 늘 사람이 많은 함덕리나 해녀로 유명한 동복리에 비해서 북촌리는 소박한 마을이다. 제주에서 많이 난다는 보말을 넣어 끓인 보말칼국수를 맛보려면 현우식당(064-783-0765)으로 가보자. 해장에 그만이다. 옆 마을 동복리에 있는 동복리 해녀촌(064-783-5438)에서는 싱싱한 회 국수가 유명하다.

Profile

이시목

길 위에 선 것은 순전히 '바람을 만지고 싶은 욕구' 때문이었다. 바람의 결을 만지기 위해 바람보다 느린 속도로 걸었으며, 바람의 소리를 듣기 위해 자주 길위에서 숨을 죽였다. 그것이 내 여행의 시작이었고, 짐작컨대 끝일 것이다. 20년을 넘게 그렇게 바람 속을 지났다.

박성우

핸드드립은 필터를 사용해 커피를 추출하는 방식이다. 처음부터 끝까지 수작업이기에 정성이 만만치 않다. 잠깐 딴짓을 하면 단맛, 신맛, 쓴맛의 균형감이 깨진다. 글도 그렇다. 정리되지 않은 생각을 손으로 옮기기까지 시간과 더불어 진정성이 필요했다. 잘 내린 커피처럼 여행지마다 문학의 향기가 가득 차길 바란다.

박한나

고등학생들에게 문학을 가르치다가 그만, 글을 쓰는 일에 욕심이 생겨버린 선생님. 재미있는 소설을 읽을 때 반짝이는 아이들의 새까만 눈빛을 사랑하는 로맨티스트.

배성심

전직 교사. 앞만 보고 열심히 달리다 문득 멈춰섰다. 옆을 보고 뒤도 돌아보니 딴 세상이 있었다. '아, 억울해!' 이제부턴 옆길에서 재미나게 놀아야겠다. 오늘도 카메라 하나 들쳐 메고 길을 나선다. 여행지에서 만나는 새로운 나의 모습이 흥미롭다. 길을 찾아 나섰다가 나를 찾게 되었다.

여미현

마른 수건을 짜듯이 말을 비틀어 감정을 짜내지 않았다. 그래서 어떤 이에겐 담담하게, 또 다른 이에겐 가볍게 다가갈지도 모르겠다. 이번 글은 그랬다. 다음 글은 어떨까.

유영미

문장 속을 걷고 길을 밟으며, 지나는 풍경에 눈물이 쏙 빠질 만큼 행복했다. 책과 여행은 언제나 쉼이었다. 오늘도 글을 써내려가듯 세상에 발을 밀어본다.

이정교

코 흘릴 적부터 길을 잃고 헤맸고 지금도 낯선 곳에 가면 어김없이 방향감각을 상실한다. 그래도 기꺼이 미지의 세계에서 길을 헤매길 자처한다. 낯선 곳에서 오롯이 만나는 나와 거기서 만나는 뜻하지 않은 인연들. 그것에 중독되어 배낭을 꾸리는 '지독한 길치 여행 작가'.

이재훈

길 위엔 늘 향기가 난다. 삶과 인생을, 때로는 추억을 생각하게 하는 향기다. 많은 길 중 문학의 향기가 묻어나는 길을 걸으며, 그 문학의 향기를 전하고 싶었다.

이지선

어린 날부터 여행을 계속했다. 그 여행들이 모여 자신을 삶으로 이끌었음을 깨닫던 날, 여행작가가 되기로 결심했다. 일상을 여행처럼, 여행을 일상처럼 하고 싶은 소망으로 살아간다.

정영선

'마음은 바람보다 쉽게 흐른다.'라는 시구를 좋아한다. 이 책을 읽으며 마음이, 아니 몸이 그곳에 바람보다 먼저 쉽게 가 있기를 바라며 썼다.